KB038029

방금 막

나를 사랑하게 된

사람처럼

빤히

바라보는

것이다

방금 막

나를 사랑하게 된

사람처럼

빤히

바라보는

것이다

김민준 시집

자화상

시는 사랑의 목업이다

인간은 그 비유를 통해서

자신의 실재를 있음으로 읽는다

잔잔한 새벽

건넛방에 갓 태어난 아이가 울면

어느새 나는 그 울음 속으로 와락 안긴다

그 순간에 우리가 나누는 침묵은 영원하다

마침내 너와 내가 달큼한 호흡으로 만날 때

보편의 언어를 잃고서야

한낱 다정한 공백은

서로를 읽는 충실한 고백이 된다

별안간 조용히 울먹이고 울먹여도
다정히 등을 다독이는 새벽이 있다

모두가 아이처럼
모두가 어머니처럼
서로를 감싸안는 세계가 있다

차례

2부   non-being ; 유의 부정

3부   괄호의 촉감

1부

방금 막

나를 사랑하게 된

사람처럼

빤히

바라보는

것이다

간신히 너무 예쁘다

잠들기 전 찰나의 순간
무의식적으로 나는 생각합니다

나를 사랑하자
나를 사랑하자
아아, 부질없고 황홀하여라 내 젊은 날의 꿈

거미가 집을 짓듯이
구석구석 꼼꼼하게 수를 놓아야지
지독한 피로 속에서도 나는 아름답다
보드라운 몇 음절의 속삭임으로
눈꺼풀을 이해하며 잦아드는 꿈

아아, 하늘이 너무 예쁘다

한껏 부푼 가슴으로

이 가혹한 하루의 끝에서 나는 간신히 너무 예쁘다

마음에 하얗게 눈 내린 밤

아무도 내디딘 적 없는 풍경 위로

지긋이 남겨진 내가 사랑한 흔적들

아아, 부질없고 황홀하여라 지나가버린 물거품들이여

부둥켜안고 사랑해야지

자꾸만 시시해져 가는 나를

열등해지는 나를

희미해져 가는 나를

그대가 잊어버린 나를

° 눈

뿌옇게 입김처럼 멀어져 가도

남김없이 고요해야지

어떤 기분은 박제를 해서

꼼짝없이 나와 함께하고만 싶네

죽지 않고 사랑만 하고 싶어서

햇살 한 줌 가득 끌어안아

당신 호주머니에 몰래 넣어두어야지

늦은 저녁 갓 지은 밥 한 숟갈

함께 나누어 먹고 싶은 사람이 당신이라서

아낌없이 머물다가

남김없이 고요해야지

지난해 내렸던 모든 눈송이

하루 사이 내 가슴에 쏟아져 내리던 날

당신을 위한 고작 몇 평의 고백이

보푸라기 일듯 폭신하게 뭉쳐 있다

좋아해

한숨처럼 깊어도

그저 좋아해

이토록 작은 방이지만

그래도 좋아해

꽃

아름다운 것에도 추함은 있다

반대로 말하면

추하다고 해서 아름답지 아니한 것은 아니다

눈을 감으면 앞이 보이지 않는다

하나 이미지가 없는 것 또한 아니다

시각이라는 것도 기껏해야

인식에 대한 하나의 방법론

그것에만 국한되는 것이 어디 아름답다는 표현인가

아름답다는 말은 들어서도 알 수 있고

만져서도 알 수 있고

보지 않고 느낌으로도 알 수 있다

그리하여 세상은 매일 아름다웠고 언제나 누추하였다

사람들이 어여쁘다 말하는 꽃들은

쉽게 얼굴을 붉히는 식물의 그것이다

식물의 그것이 바로 꽃이라는 표현은 어떤 의미로 미천

하다

하지만 미천한 것이라고 해서

항상 아름답지 아니한 것은 아니다

솔직한 심정으로는

오직 스스로 추잡함을 아는 자만이 아름답다는 생각이

들 뿐이다

°마침표

원인을 알 수 없는 불안함

실은 불온전함으로 읽어야 할 것이다

혹자는 인정이라는 말을

애당초 타인의 이해를 바라지 않는 뜻으로 서술했다

다짐이 부단히 실패로 돌아가

의문형의 문장으로 바뀔 때

사람은 잠복해 있던 쓸쓸함에 휘말리기 시작한다

자제력을 잃은 울분

누군가는 포기나 이별을 권한다

하지만 내가 원했던 치유는

충분히 이해한다는 말이 아니고

적어도 완전히 모르진 않는다는 고백이었다

진실은 아무런 의도나 권한이 없지
의지와 힘을 지니고 있는 것은
오직 해석자의 역량이다
당신은 시간이 흐르는 의미를 아는가

우리가 그렇다고 대답할 수 있는 것들이
얼마나 가차 없이 바뀔 수 있는지
그것을 말하기 위해서 시간은 흐른다
가슴 아픈 은유지만 역시나 시간이 흘러
또 새로운 대답을 내어놓을지도 모르니

그런대로 괜찮다
나는 불온하다
나는 불온하다

전부, 다

가령 일기장에 쓰여 있는
'어른이 되면'이라는 말 이후에 쓰인 이야기들
그 안에서 주인공이 되는 상상을 해

이를테면 드문드문 기억 속에만 있는
오래전 연인과
아무 일도 없었다는 듯이
햇살 가득한 테라스에서 식사를 하기도 했어

혹시 부푼 마음으로 발을 동동거리는
어느 한 시절에 대한 미련 같은 게 있다면
얼마든지 슬픔을 모르는 사람처럼 되돌아갈 거야

만약이란 말

시간의 굴레에 속하지 않고

좀처럼 일어날 수 없어 더욱 단단한 말

만약에 내 마음 괜찮아진다면

그 시절과 지금 여기 사이에

메마른 꽃잎처럼 파리해진 약속들을 끄집어내어야지

한때 누구와 누군가의 중심에서

가장 향긋했던 몇 마디 말과 짙은 눈빛들이

무심하게 생기를 잃고 스러져가네

만약에 내 마음

더는 아무렇지도 않을 정도로 괜찮아진다면

시간이 시간을 업고 기억이 감정을 지우면서

전부, 다

잊어야지

치유

절에서 온전히 하루를 보내며 알았다

자연은 있는 그대로
주어진 그대로
바람이 불면 흔들리고
비가 오면 내내 젖는다는 것을
이곳에는 거짓이 없다
시기나 질투도 없다

그저 주어지면 주어진 대로
정갈하게 삶을 살아내는 생명이 있을 뿐
밤이 되면 암막 같은 고요가 내리고
새벽의 햇살은 서늘했던 언젠가의 나를
살포시 어루만져주는 엄마의 손길 같다

추녀 끝에 인연처럼 매달린 풍경 아래로

물고기 한 마리가 유유자적 하늘을 헤엄치니

맑은 울음이 이내 이슬이 바다를 이룰 만큼 자유로울 뿐이다

세속에 젖은 아무개는 그 뜻을 모르니

'스님, 왜 저기에 물고기가 있나요?' 하고 묻자

기다렸다는 듯이 스님은 합장을 하시네

사는 동안 한 번도 눈을 감을 수 없는 물고기처럼

밤이고 낮이고 잠들지 못하는 당신의 마음이 있었으니

하늘을 바다 삼아 별빛이라도 헤엄할 심산은 아니겠소

사는 동안 차마 못다한 마음들

그제야 한꺼번에 제자리를 찾으니

내 안에 휘몰아치던 불안들이

일순간 풍경의 하나로 잦아들 뿐이네

아주 깊고 평온한 잠에서

방금 막 깨어난 듯이

포옹

마음도 말하지 않으면 녹이 슬곤 하나요
안녕이라는 말은
왜 구태여 멀리에 있는
두 가지 뜻을 다 안고 있는지
간결하게 오직 하나만을 말하고 싶어요

제게는 아직 여물지 못한 쓸쓸함이 있습니다
서리꽃처럼 아슬아슬하여
낙엽이 되기도 전에 먼저 눈물이 되겠지요

그러니 안아주세요
늦기 전에 나를 안아주세요
마음이 영영 허무해지기 전에

부디 나를 완성해주세요

아직은 이른 시간
나를 가득 껴안고
안녕
하고 말해주세요
햇살보다 먼저 아주 각별한 울음이 되겠습니다

식물학

내일 아침엔 분갈이를 해야지

기지개를 켜야지

슬픔이 걸어간 방향으로

웃으며 손 흔들어야지

이제 죽지 않으려고 살지 말아야지

부족하게 살아도

천박하게는 살지 말아야지

걸음마를 뗴는 아이처럼

시행착오에 기죽지 말아야지

하품을 하다가 나비가 되어야지

가끔 물을 주듯 충분히 흐느껴 울어야지

나는 제법 나를 피워야지

내일은, 내일은 꼭 분갈이를 해야지

자격지심에 구태여 꽃잎에 목마르지 않으리

참 좋은 날이라고 웃으며 당당해 보는 건 어때

못다 핀 사람으로서 곧잘 말쑥하게

햇살이 반짝이네

어떤 이유가 있을까

가슴 안에 텅 빈 화분이 있었는데

그 자리가 여간 내게 알맞은 기분이 드는 게

나를 안아줄 것은 나밖에 없다는 생각이 들어

자자, 아침이야

기지개를 켜야지

운명 같은 날이야

어느덧 사랑할 시간이야

시

더듬거리듯 삶을 살아온 내게
유일하게 또박또박 써내려 갈 무엇이 생겼다

떳떳하지 못했고
아리송하기만 했던 젊은 시절에
바람은 불고, 꽃은 져버리니
햇살이 파랑파랑 문틈을 비집고 들어올 때에도
어디에도 없던 나를
붙잡아주던 유일한 구원의 세계

당신이 찾아왔다
한평생 고독했던 인간에게
사랑 없던 시간을 함께 걸어주는

당신이 나를 바라봐주었다

희망과 절망이 같은 뜻으로 혼용되던 날

내 삶에 초대받지 못한 객(客)이 되어 무심하게 흐려져

가던 날

심장 가장 깊은 곳에서

나를 안아주던 단어들, 그 문장들

나의 가난한 독백과

내 인생 가장 황홀했던 만남이

다소곳한 귀엣말처럼 울려 퍼지네

골방에 앉아 흐느껴 우는 듯이 삶을 살아왔으나

이곳에 오직 당신이 있어

후회 없는 시간을 살았다고

어스름이 내리면 시를 써야지

당신을 안아야지

내가 태어난 곳으로

쓸쓸하게 걸어가야지

카스텔 9000

대체로 커피는 식기 전에 다 마셔버립니다
더 이상 이런저런 일로
식어버리는 게 지겹거든요

한번은 그림을 그려서 집에 걸어둔 적이 있습니다
아무에게도 보여준 적은 없어요
피카소풍인지 마티스풍인지
그런 건 관계없고요
낮잠이나 잘까 하며 누웠다가
문득 그림이 그리고 싶어
나름대로는 꽤나 진지하게 그렸던 거예요

가끔은 내 목소리를 녹음하곤 하는데

그 소리가 여간 내 것이 맞는지 긴가민가하여

나는 아직 내 목소리 하나도

어떤 음색인지 알지 못한 채로 말을 하고 있구나

픽 서운한 마음으로 뒤척이다 잠이 들곤 합니다

아침이 오면 연필 마니아들 사이에서

꽤나 명성이 자자한 연필로

지난밤 꿈속의 일들을 서술할 생각이에요

단단하면서도 부드럽게 사각사각

약간은 고리타분하지만

아직은 연필로 무언가를 쓰는 일이 좋아요

실은 이쪽이 내 목소리에 더 가까웠으면 하는 생각을 해요

생각보다 잘 부러지지 않고

쉽게 닳아 수그러들지 않는

그 서술의 음색들은 균등한 감정의 평온을 선사해주거든요

어쩌면 가장 나다운 모습은

필기구가 말하고 있을 거예요

저는 연필 하나, 펜 하나쯤을 지니고 다니지 않는 사람에게

그다지 호감을 느끼지 못합니다

아마도 제겐 그게, 슬픔을 모른다는 느낌이거든요

오 달링

너를 이해하려고 하면
나는 물거품이 되어버릴 것만 같아
너에게 사랑한다고 말할 때
네 안에서는 쨍그랑하는 소리가 들려

오 달링
텅 빈 껍데기뿐인 내 사랑
사실은 너랑 있을 때
나는 가장 외로웠던 거 알아?
사랑할수록 잃어 간다는 게 뭔지
나는 알아도 영영 모른다고 말할래

네게 풍덩 안기고 싶었어

너의 크고 깊은 눈 속에 마르고 붉은 입술에

파르르 떨렸던 손끝에

그 모든 서툰 다정함 위를 표류하면서

분명 파도 소리를 들었어

바다인 줄 알았던 거야

빈 소라껍데기였던 줄은 모르고

그 바람에 얼마나 많은 길을 잃어버릴 줄은 모르고

눈을 감고

꼭 담은 입술에 입맞춤하면

허공 속의 바다가 싸늘한 썰물처럼 멀어지곤 해

오 달링

텅 빈 껍데기뿐인 내 사랑

눈부시도록 허무한 그대

나는 비밀을 알아

텅 빈 바다의 노래가 사랑이란 걸

당신이 했던 말 모두가 소금처럼 녹아 갈 테지

허공 위에서 좌초된 배를 본 적이 있니

바다를 잃은 해변처럼

터무니없이 남겨진 자리에서

여전히

파도 소리 같은 것이

드물게 내 마음을 위로하고 있는 것 같아

비, 눈빛, 모양

덩그러니 바깥에 서서
버스 창가 자리에 앉은 네게 말했다

나는 비가 창을 두드리는 소리가 좋아!

닿지 않는 목소리에도
너는 배시시 웃는다
곧이어 버스는 떠나고
너에게 문자가 온다

나도 네가 나를 두드리는 소리가 좋아!

입 모양의 역학

읽는 행위는 마음에서 비롯된다
뜻을 가진 가장 작은 단위는 눈빛이라고
가령 다른 소리라도 마음이 같으면
언어는 비로소 인연의 길이 되지

비가 창을 두드리는 소리
네가 나를 두드리는 소리

비도 너도 나도 좋아한다는 소리

˚ 굿나잇

지금보다 더 많이 상처받던 시절이 있었으나, 어쩌면 오늘날 나는 그보다 더 습관적으로 긴장을 하는 편이지. 위안을 얻는 대상이 있다면 그건 아무 일도 일어나지 않았음에 대한 안도감이랄까. 시간은 미로 같아. 너는 요즘 어때? 나는 칼보다 말이 무섭거든. 언젠가 길을 걷다 줄기가 푹 꺾인 꽃을 보았는데, 대뜸 묻고 싶었던 거지. 잎이 거의 바닥에 닿을 것 같은데, 그렇다면 그 모습은 피는 모습인지, 지는 모습인지 말이야. 나는 지금 촛농처럼 흘러내린 우리의 청춘을 이야기하고 있는 거라고. 불을 밝히는데 자꾸만 너는 작아져 가잖아? 그거 정말 희망 맞아? 얼핏 보면 절체절명일 뿐이야. 달력이 얇아질수록, 나이의 중력은 늘어만 가지. 이 순간에 머무를 방법은 새까맣게 검은 목소리로 이 밤을 달달 외우는 수밖에는 없다고. 먼지 털 듯 툭툭 오해와 미련 속에서 나를 잃고 길을 헤매는 거야. 오래도록 잊고 살았다고 스스로에게 용서를 구해야지. 촛농의 두께만큼 더 깊이 쓸쓸해져 가는, 오래전 그날과 오늘의 나에게. 순수함에게 참 많이도 놀아났지만 여전히 그것보다 성숙한 것은 없어. 이제 자자. 밤이 너무 깊다. 수고했어. 가엾게도 참 치열하게 살았구나.

네 슬픔에 장화를 신겨줄게

다정한 아이야
소리 없이 우는 사람아
습관처럼 긁어모으는 오래된 기억들아
손을 내밀어도 고개를 숙인 채
말없이 발끝만 바라보는
앙다문 입술 같은 친구야

무엇이 너를 힘들게 하니

그렇게 묻자
눈빛은 새처럼 작게 서걱거린다

네 슬픔에 장화를 신겨줄게

날마다 네 손을 잡고 이 도시를 배회해줄게

고인 물에 영락없는 파문을 허락해주렴

깊은 밤 수면의 바닥에 너를 위한 낱말을 기록해둘게

안간힘으로 세상을 살아가지 않아도

너를 원망하지 않을게

가슴을 아무렇게나 짓이기지 않아도

얼룩보다 깊은 침묵

미소보다 진한 무표정 속으로

나를 데려가주진 않을래?

가뿐하게 가뿐하게

아무 말도 하지 않았으면 좋겠어

느닷없이 소나기가 내려오면

네 슬픔에 장화를 신겨줄게

같이 걷자

말없이

당신과 나

사람들은 오랜 기간 잊고 산다

이해한다는 것은

가늠해보는 것이 아니라

그저 인정하는 일이라는 걸

마음이란 누군가에게 일컬어져서

완성되는 것이 아니란 걸

기억에 남은 향이 제아무리 깊어도

끝내 소멸되고 마는 것이 이해라는 걸

평생을 읽어 그 모든 언어를 암기한다 할지라도

세상의 모든 나는 타자에게 완벽히 번역될 수 없다는 걸

그냥 거기에 있음을 아는 것만으로

이미 충분하다는 걸

이해란 거리가 아니라 방향에 관한 일이라는 걸

포스트잇

내 방 안 한편의 공간에는 해야 할 일, 하고 싶은 일, 되고 싶은 나의 모습이 매달려 있습니다. 시간이 지나면 어떤 나는 자연히 떨어지기도 하였지만 간신히 매달려 있는 것만으로는 무엇도 이룰 수가 없었지요. 그 벽은 장애물인 동시에 그나마 내가 기댈 수 있는 유일한 등이었는지도 몰라요. 어쩌면 나의 하늘은 오직 벽이 전부였던 것 같아요. 당신도 혹시 벽을 안아본 적이 있나요. 온도를 나누어 주고서 너무 나중에 올 나를 그려보는 밤.

작은 스탠드 불빛은 겨우 어둠에 맞서며 은은하게 흩어져 가고요. 내 안에 날아든 작은 새의 오늘은 알맞은 바람이 불지 않아, 작게 고개를 갸우뚱거릴 뿐이지요. 흐리멍덩한 눈빛에 새까만 우주를 닮은 내 방 안의 공기, 밤마다 눈을 감고 풍덩, 내 안으로 깊게 잠기고 맙니다. 바람 한 점 없는 앙상한 숲속에서 그렇게 이름 모를 새는 밤새 울었답니다.

충분히 움츠렸다가 한꺼번에 날아오르려는 듯이 내 삶은 그렇게 계속해서 나락으로 떠밀렸을까요. 차가운 벽에 기대어 이따금 펄럭이기도 하면서 가난한 날의 꿈들이 창문 너머의 하늘을 우러러봐요. 날지 못하는 새의 날개가 그럼에도 흔들리길 두려워하지 않도록, 젖은 눈들은 계속 날아오를 채비를 합니다. 해줄 말이라고는 그때 거울을 바라보던 동공이 전부였던 나를 이해해주세요. 반짝반짝, 인생의 단역이라도 우리는 이미 충분히 아름다웠다는 것을 기억해주세요.

반어법

수면이 두려워요. 정확하게 말해서는 그 수면의 끝에 다가서고 싶지 않은 무엇이 있다고 말해야 할 것 같아요. 아침이 오지 않았으면 좋겠어요. 내일이 오는 게 너무 걱정스러워서 잠이 오질 않아요. 조금 뒤척이며 내 자리를 찾아보는 와중에 간신히 평온이 찾아오면 이내 나를 깨우는 날카로운 알람시계의 소란함을 시작으로 온통 엉망진창이 되고 말아요.

왜 그런 거 있잖아요. '참 잘하는 짓이다'라는 말. 진술 자체에는 모순이 없어요. 그건 겉과 속이 다른 문장일 뿐이죠. 사람의 마음처럼, 오늘 내 하루처럼, 참 잘하고 있어요. 어느새 밤이에요. 역시나 수면이 두려워요. 그러면서도 나는 이부자리에 누워 어떻게든 잠을 청하기 위해

안간힘을 쓰고 있어요.

거짓은 없어요. 열심히 살았고, 참 잘하고 있어요. 하지만 겉과 속은 달라요. 그건 나만 알아요. 그래서 나는 내가 참 얄미워요. 또 아침, 옷장을 열어요. 이상하게 계절에 맞지 않는 옷이 자꾸만 마음에 닿아요. 봄을 기다리며 캄캄한 그늘 속을 하늘거리는 얇은 셔츠, 그 위로 대롱대롱 가까스로 삶을 부둥켜안는 단추처럼 언젠가는 내게 꼭 알맞은 시간을 꿰뚫어 무사히 삶에 안착하는 꿈을 꿔요. 나는 내가 참 얄미워요. 그건 오래오래 나만 아는 이유로 남겨둘래요.

헤아리다

멀리 오래된 기억에서부터

나는 홀로 웅크리고 있다

그렇게 조금씩

어렴풋해지고 있었다

안개가 자욱한 새벽처럼

대설로 인해 가려진 길처럼

삶은 내게 그리 호의적이지 않았다

가슴이 욱신거릴수록

나는 싱거워지고 있음을 느낀다

오직 고요한 입김만이 새하얀 내 마음 같다

그렇게 향기가 없는 세월을 지나

아직 두려운 것과

동시에 막연히 가슴 벅찬 까닭은

여전히 내가 살아 있다는 것이다

창백한 미소, 색채가 없는 광활한 침묵 속에서

여전히 나의 삶이 현재진행형이라는 것이다

외롭고, 어둡고, 왠지 모르게 쓸쓸한

그간의 나는 어디서 어디로 사라질 노릇인가

누구도 대신할 수 없는 계절이 휘몰아치고 있다

너무 서운한 나였으나

나에 대한 연민조차 과분한 스스로였으나

이제는 부디, 용서하고 싶다

누구에게도 말하지 못했던

혼자서 상처를 머금곤 했던

무덤덤하게 함부로 자책을 일삼던

울음을 가두어놓고

애써 침착하게 젖어 가던 나를

행복을 좇아서 맹목적으로 자기 자신을 희생하던 나를

흩날리고 있다

누구도 대신할 수 없는 계절에서
다름 아닌 나라는 존재가 일렁일 뿐이다

나의 직무는 온전히 나를 헤아리는 일
꽃이 되지 않더라도 나를 외면 말아야지
내 것이 아닌 것에 연연해하지 않아야지
다짐의 끝에선 때때로 눈물이 핑 돈다
마음껏 나를 사랑하는 일은
왜 이토록 어려운 일인가

우울과 애도

가령 다시 사랑한다 하여도

우리가 그날처럼 아프게 이별할 수 있을까

마지막으로 헤어지던 무렵의 한순간이

지난 몇 해의 시간보다 길게 아른거린다

이제는 점처럼 작아진 슬픔

한데 너무 깊어서 나를 뚫어버릴 것 같다

너무 예뻐서 이내 꺾어 오려다

차마 너무 예뻐서

고스란히 두고 온 걸음으로 받아들이는 시간

이 밤, 취한 마음이 젖어 간다

어두운 길 위로는 당신이 만개해 있다

바닥을 알아야 깊이를 이해할 수 있듯이

슬픔에 익사하지 않기 위해서

우리는 가능한 한 외로워야 한다

그 향기, 그 웃음소리, 안개처럼 나를 에워싸는 낮은 음
성들

오래오래 떠밀려 오더라도

덧없는 무기력에 숨이 멎지 않으리

사랑의 끝에 있어야 할 것은 진심 어린 애도라고 외친다

우울과 애도는 다르기에

나는 성실히 슬퍼할 것이다

즐거운 한때

아이가 장난감을 가지고 놀 무렵이 되면

나는 사진을 찍는 재미를 알려줄 것이다

순간을 담아낸다는 것

대상을 어떻게 하면

아름답게 바라볼 수 있을지 고심하는 것

그것은 대상이 속해 있는 환경과

그 안에서 가지게 된 개성과

가장 즐거운 한때를 위한

기다림의 묘미를 알게 해줄 테니

사진을 찍다 보면

황급히 지나가버리고 마는 것의 가치를 이해하기 된다

나는 함께 기다려줄 것이다

캄캄하게 어둠이 깔리는 하늘에서
싸늘하게 내리는 비가
추적추적 세상을 적실 때
무모하게 그 영역에 속해 있던 사물들이
얼마나 영롱하게 반짝일 수 있는지

그리하여 언젠가 스스로에게도
짙은 어둠, 슬픈 눈물이 온통 마음을 적실 때에도
내가 얼마나 풍요로운 순간을 향해 나아가고 있는지
그 쓸쓸한 기다림의 가치에 대하여
곁에서 함께 다가서줄 것이다

바라볼수록
마음에 담아볼수록
대상은 오래오래 빛을 머금는다고
사진을 찍으면서
무언가를 함께 바라보면서
작게 속삭여주고 싶네

지금이라는 말의 가치가

이 순간이라는 시간의 의미가

얼마나 소중한 것인지에 대해서

마찬가지로 나의 아이야

너를 기다리는 동안의 기대와

너로 인해 완벽해진 가정의 평화가

우리에겐 얼마나 기적 같은 선물인지에 대해서

우리 같이 오래오래 들여다보자

초월

그 사람만 알아볼 수 있도록 시 한 편을 썼어. 근데 계절
이 바뀌고 나서 연락이 온 거야. 지금껏 받아본 선물 중
가장 근사한 것이라고. 하지만 나는 그때 타국이었고 그
사람이 시를 읽은 건, 몇 번의 계절이 지난 뒤였지. 그때
어렴풋이 나는 알았던 것 같아. 아, 인연이 아니라는 말
이 꼭 가슴 아픈 부류의 이야기는 아니란 걸. 그곳은 어
때? 지금 여기는 비가 내려. 그래서 말인데 성사되지 않
아도 사랑은 그 자체로 아름다운 걸. 인연이 아니라도 좋
아. 한걸음 멀리에서 우리가 서로를 바라보고 있는 이 마
음가짐이 밉지만은 않은 걸.

당신이 떠나갔던 방향으로 잠시 손을 흔들었어. 어느 날
그 미소가 당신에게까지 닿는 날이 온다면, 그럴 수만 있

다면, 각자의 계절, 지나간 날씨 속에서 우리는 텅 빈 마음의 화병 안에서도 꽃 피울 수 있을 거야. 너의 새벽에서 잠들 때까지 다독여 줄게. 늦은 밤 지친 내 어깨에 가벼운 속삭임이 되어줄래?

고요한 시각, 국경을 넘어 너를 사랑해
텅 빈 화병 속에서 남겨진 향기만큼
지나간 모든 계절 속에서 너를 사랑해

느닷없이 어리광을 부렸다

느닷없이 어리광을 부렸다

그러자 그 사람 겨우 닿을 듯한 거리에서
방금 막 나를 사랑하게 된 사람처럼 빤히 바라보는 것이다

한동안은 그 느낌 속에 있었다
아주 짧으나 어쩌면 영원히 잊지 못할 순간이
내 앞에는 펼쳐져 있었다

빛이 소멸된 자리, 부족한 것으로도
알맞게 데워지는 마음이 있다는 것이
입술이라는 토양 위
우리의 호흡이 시간을 지워

잠시 영원해질 수 있다는 것이
이를테면 동사 없이도 이미 사명을 다한 문장처럼

이 순간, 나와 당신

어둠의 절정 앞에서 한없이
아름다워질 우리가 있다는 것이
내가 당신을
당신은 나를
혼자보다 더 투명한 둘이 있다는 것이

소란한 하루의 끝 무렵
무심결에 돌아본 곳에서
내가 사랑하며 나를 사랑해주는 누군가가
방금 막 사랑에 빠진 사람처럼
물끄러미 나를 바라봐주는 것이다

하필 당신이었을까
이토록 고맙다

우유부단하게 살아왔지만
이제는 분명히 말할 수 있다
사랑은 있다고
사랑이 있다고

발 디딜 틈 없지만 나는 혼자다

신발장은 발 디딜 틈 없지만 나는 혼자다

누군가의 어깨에 내 무게를 잠시 내려놓고 싶은 날

텔레비전 불빛에 초라한 저녁을 먹는다

며칠 전부터 냉장고에서는 요란한 소리가 난다

고장이 나버릴지도 모르겠지만

나는 무심히 남은 반찬만 넣어두었다

내게 아무도 장래 희망을 묻지 않는 나이가 되었다

혹여나 물어본다면 떠오르는 것은

장래 불안에 관한 일일 가능성이 크지

깃털처럼 가벼워진 미래가 유서 한 장 없이

지구 반대편으로 떠나가버렸을 무렵

구멍 나버린 저녁 한 끼의 쓸쓸함 속에서

나는 자꾸만 고요해진다

고작 일 인분의 슬픔과

아무렇게나 뒹굴고 있는 신발들의

어쩔 수 없는 질서,

제한된 서랍의 형식 속에서

대체로 우울해하다 가끔 웃기도 하면서

그렇게 발 디딜 틈 없이

나는 혼자다

그저 무난한 무채색의 외투와

더는 스스로가 어떤 계절을 사랑했는지 기억하지 못한 채

모자란 수납 공간에 억지로 구겨 넣은 옷가지처럼

주름이었다가

먼지처럼

가볍게

잇는다

혼자였다가

아무도 아닌 이가 된다

혼자 이 밤을

몰입하고 있습니까. 나라는 불모지에서. 적어도 오늘은 무엇도 자라지 않았습니다. 당분간은 척박한 환경이 이어질 예정입니다. 그럼에도 사랑을 구걸하겠습니까. 약속은 시들어 가고 끼니는 자꾸만 늦어집니다. 나는 초라하지 않습니까. 망설임 없이 다가설 수 있는 시대는 지났습니다. 또다시 불안한 새벽입니다. 빗방울은 쓸쓸하지만 지금껏 혼자서 쏟아진 소나기가 있었을까요. 서러움은 한꺼번에 몰아칩니다. 긴 불면을 얻은 날, 오랜 평온을 잃었습니다. 수면을 뒤척이다 긴 한숨으로 삶을 연장해볼 수밖에요. 베갯잇을 만지작거리며 고요해진 나를 쓰다듬는 것이 전부입니다. 감각도, 색깔도 아득해진 나를. 향기도 없는 나를. 피로 속에서 또 한 번 번져 가는 나를. 스쳐 가듯 살고 있는 나를. 무사히 서운할 수 없고,

개운하게 슬퍼할 수 없는 나를. 그런 나를. 맨발로 사랑을 쫓을 수 없는 나를. 내게 싫증이 나버린 나를. 이미 망가져버렸다고 해도, 앞으로는 조금이라도 덜 아프고 싶은 나를. 버릇없는 위안에 덜컥 마음이 체하여 쥐어짜듯 가슴을 부여잡고 새파랗게 질려버린 나를. 이제는 더 이상 무엇에도 물들고 싶지 않습니다. 나는 침착하게 후회합니다. 오늘은 무엇도 껴안지 않고 그렇게 혼자 이 밤을 탐할 테지요.

오래전, 울다가 부끄러워 눈물을 훔친 적이 있습니다. 오늘은 그 눈물을 마저 흘릴 생각입니다. 더는 외부의 것으로 나를 숨기지 않겠습니다.

° -롭다

'외'라는 말의 정체성은
언제나 서툰 허전함만을 품에 안는 것이 아니다
단어를 형성하듯
감정을 이루는 느낌들의 추이를 따라보라
접미사 '-롭다'의 그럴듯함을 보라
모음으로 끝나는 명사 뒤에서
그것들이 취하는 가능성을 보라

향기롭다
자유롭다
슬기롭다
외롭다

'외'라고 불리는 것

그 허전함에 대한 그럴듯한 풀이가

외롭다

그 한마디의 절실함이라니

모든 혼자가

결단코 '외'라고 하는 명예를 취하는 것은 아니다

외는 쟁취하는 것

끝끝내 수호하는 것

'외'는 막다른 길이 아니다

작은 위안과 고요한 한숨으로

조그맣게 읊조리듯이

외-롭다

그렇게 나는 오늘도 절절히 깊어져 간다

숙제

이건 너무 어려워요. 어디 보자 아하! 와아! 아저씨는 정
답을 알아요? 너는 나를 뭘로 보는 거냐. 우와 가르쳐주
세요! 내가 아는 건 이게 어렵다는 것뿐인데, 너처럼. 에
이, 그게 뭐예요. 뭐긴 뭐야, 어려운 거지. 요즘 애들은
이런 걸 배우며 자라냐. 네. 다른 아이들은 다 곧잘 하는
걸요. 그렇구나 거참 이상한 일이네 이렇게나 어려운 건
다 잘하는데 쉬운 것들은 못 하는 거지. 어떤 거요? 모래
사장에서 성을 만든다든가 비 오는 날, 웅덩이에 신발을
적신다든가 하는 일들 말이지. 그건 고약한 일이라서 혼
쭐이 나고 말 거예요. 난감하네 뭐가 고약하다는 거냐 누
구에게 피해를 준 것도 아니고 본인의 행복을 위해 자기
손발 좀 적신다는데 그게 왜 혼날 일이냐. 아저씨는 좀
이상하네요. 자자 내가 가르쳐 줄게 네가 앞으로 풀어야

할 문제들은 말이야, 지금 눈앞에 있는 문제보다 훨씬 더 어려울 거란다. 에에 이것보다 어려우면 감당할 수 없어요. 그렇지? 하지만 사실인걸. 답을 아세요? 답은 없어 그게 내가 적은 해답이야. 근데 누구세요? 시간이 너무 늦어서 답안지를 제출하지 못한 사람이지. 그러니까 멋대로 살아, 눈치 보지 말고 그러다 너 후회한다.

이별의 역량

아무도 거주하지 않는 곳에서
희미한 불빛이 희망을 말할 때
길 잃은 배는 간신히 위안을 발휘한다
등대의 가치는 '있다'라고 하는 인식의 결과
존재하는 것만으로 성립될 수 있는 평화가 있다

바다는 왜 바다인가
가엾게도 너무 깊다
까닭은 모르겠다
어쩌면 그 이면에 깃든
이별의 역량 때문인지도 모르겠다

감당할 수 있다면

무엇이든 사랑할 수가 있다

파도는 그렇게 주장하면서 매일 죽는다

파편인 줄로만 알았는데

어쩌면 울음이었거나 순진한 고백 같던 건지도……

아무튼 누구도 그 속을 모른다

그와 같은 파도가

날마다 우리 가슴을 두드린다

사랑할 수 있다고

사랑할 수 있다고 말하면서 매일 죽는다

머뭇거리던 세계

미지근한 불온과
적당한 권태로 가득찬 오후
예보에도 없던 소나기가 쏟아졌다
나는 그때 무작정 커피가 마시고 싶다고 생각했다

그러니까 내가 달린 이유는
비를 피하고 싶어서가 아니라
비 냄새가 아직 가시지 않았을 때
커피 향을 머금고 싶은 탓이다

따뜻한 아메리카노 한 잔이요
커다란 유리문 앞에서 눈을 동그랗게 뜨고
불현듯 마주한 세상을 긍정해본다

나는 이러한 시제가 좋다

머뭇거리던 세계가 일순간,

자신만의 속도로 질주하는 순간을 사랑한다

권태와 불온이 온데간데없다

나는 아주 잠시 그 무게를 잊는다

맹렬히 젖어 가는 창밖의 세계와

이와 혀 없이도 완성되어가는 나의 독백 속에서

영원히 완성되지 않을 나는

공손하게 번민을 헤아려본다

세상의 조명이 꺼지고

사람들 가슴에 조그마한 불빛이 일렁이면

비로소 영혼의 날개가 창백한 육체를 깨뜨리며 기지개를

켠다

영원히 완성되지 않을 내가

비록, 어떠한 과거를 지녔다고 해도

햇살은 기적처럼

길을 잃는다는 건
경로를 이탈한 게 아니라
마땅히 갈 곳이 없는 걸음이라던 말

무거운 외투를 내려놓게 되었을 무렵
봄이 오고
얼굴은 또 가렵고
내 마음도 모른 채로
햇살은 또 기적처럼 밝다

왜 죽은 것은 이내 차가워질까
죽었으니까 죽어서라도 조금 따뜻해질 순 없을까

조금 있으면 이 찬란한 계절도 죽음에 안착하겠지

어쩌면 봄의 임종은

꽃잎 저무는 일이 아니라

그간 설렘을 잊고 살아왔다는 것 아닐까

어느새 얼마나 우리는 죽어 있었나

온기로부터 느껴지는 각별한 소외감

그 안에서 어느새 얼마나

쓸쓸히 지난 시절을 추모할 뿐이었나

마지막 유서를 떠올려보면

아마도 그건

절절한 고백이었거나

마음에도 없는 씩씩함이었을까

마음이 무거운 날엔

소리 내어 무언가를 읽어봅니다
마음이 무거운 날엔
발성을 통해서라도
더러 앓는 말이라도 끄집어내려 합니다

아주 오래전
큰 수술을 마치고 의식을 되찾았을 때
의사 선생님이 첫 번째로 한 말은
가래를 잘 뱉어주어야 한다는 것이었지요

쌓이는 것이 독이 되는 일도 있습니다
발음하여 내뱉는 것만으로
조금의 위안을 얻는 마음이 있습니다

화가 나면 오늘은 이러이러해서

화가 났다 말하는 게 뭐 어때서요

눈물이 나면 오늘은 여차여차해서

마음이 아팠다고 말하는 게

뭐 그리 대단한 일이라고요

마음은 눈처럼 자연히 녹아 사라지지 않고

때로는 낙엽처럼 시간으로

치유되지 않는 상처가 있습니다

내 마음이 내 것 같지 않은 날

예전처럼 금방 괜찮아지지 않는 날에는

너무 힘들어서 외로워서

텅 빈 술잔 앞에 지친 표정으로

그래도 네가 있어 다행이다

그 한마디 전할 수 있는 우리 사이가 되었으면 좋겠습니다

날마다 나는 모호해진다

그냥이라는 말은
왜 이토록 수척해지는가

그냥, 그냥, 그냥……

너무 가볍거나 무겁지 않게
그냥, 한번 연락해 봤다고 말하는 일은
차마 그냥이 아니기 때문에 자꾸만 나를 연약하게 한다

가뜩이나 복잡해진 세상에서
'그냥'이라는 개념은 얼마나 투명한가
자꾸만 이유를 묻는 누군가에게
나는 작게 조아리듯 벙어리가 된다

속으로는 하지 못한 말에 일일이
그냥이라는 형식으로 운을 떼면서

집요하게 이유를 물어도 그냥이라고 할 수밖에 없는
나는 서서히 유실되어 간다

이제 우리 사이에는
그냥 이외의 것이 너무 많아
말하려고 하는 바가 희미해지네
종잡을 수 없이 부피만 커지는 말들 앞에서
날마다 나는 모호해진다

그냥, 그냥, 그냥……
가장 나중에 먹으려고 몰래 아껴둔 단어들같이
잠이 오지 않아, 그냥
별다른 의도는 없어
나도 잘 모르겠어,
나는 그냥

서서히 유실되어 간다

날마다 나는 모호해진다

입맞춤

입은 벌어진 상처 같은 게 아닐까요. 당신이 무심코 내뱉던 말이 어떤 때에는 스스로 너무 아프다고 흐느껴 우는 소리 같았거든요. 그때 나는 당신이 더는 아프지 않았으면 좋겠다는 생각을 했을 뿐이었는데, 어느새 우리는 입술을 마주하고 있던걸요. 아마도 사람이 누군가와 입술을 마주하는 이유는 서로의 상처를 이해하기 위함이라고 말해야 할까요. 그렇게 작은 닿아 있음으로 어떻게든 함께 나아가보자고, 침묵으로 그 한마디를 대신할 때, 보지 않고, 말하지 않아도 그제야 당신의 슬픔 조금은 알 것 같은 기분이 들었거든요.

정상

헛헛한 마음에
이른 새벽 산을 올랐다
거친 숨을 핑계로 내딛는 걸음걸음
앓던 마음 내려놓으니
그제야 보이지 않던 것이 보였다

저 멀리 반짝이는 해안선
언젠가 내게 속삭이던 당신의 입술
허공 위로 흩어져 가는 체온과
까닭도 없이 잠 못 이루던 지난밤의 뒤척임
정상으로 오르는 길
이름 없는 무덤에도 있던 그것

아름다운 것들에게는 저마다의 굴곡이 있다

일순간 감정이 증폭되어

메아리처럼 희미하게 울려 퍼진다

나는 아름답다

아름다운 것만이 뒤척인다

나는 다행을 연모해

새처럼 자유롭고 싶다고 했지
단 하루, 네게 그런 기회가 주어진다면
어디로 떠나고 싶어?
그러니까 누구에게도 거론되고 싶지 않은 날
너는 무엇이 되어 어디를 향하고 싶어?

물론
네가 어떤 식으로 존재하든
나는 너를 사랑할 거야

얼어붙은 바다 위로
새로운 세상을 향한 길이 열리면
한결 가벼워진 마음으로

함께 떠나자

나는 아직 동녘이 오지 않은 밤이야
잠들지 못해 반짝이는 네 눈을 보았지
별빛들이 네 방 안 곳곳에 숨겨져 있어
서운한 시절도 곧이어
그리운 나날로 다가올 거라 믿어
울먹이는 네 뒷모습은
날아오를 듯 망설이는 아름다운 새의 날갯짓 같아
세상에 단 한 글자만 품에 안고 다닐 수가 있다면
'빛'이라든가, '길'이라든가, '너'라는 말이어야지

어떻게든 살아볼 이유가 있을 것 같다고 생각했어
날아오르게 하는 행복이 아니라
절망에 빠지지 않게
나를 부둥켜 안아주는 안도감
나는 다행을 연모해

나는

아직 동녘이 오지 않은 밤이야
너는 어디에 있어?

물론
네가 어떤 식으로 존재하든
나는 너를 사랑할 거야

속마음

우리 같이 비 맞을까
감기라도 걸려서
나란히 앓아누워 버릴까
멀어지지 말자
날마다 날마다
방금 막 사랑에 빠진 사람처럼
안달이 나서 견디지 못할 만큼
웃고 바라보다가
그렇게 영원히
사라지지 말자

체온과 유사한 형태

너무 좋은 것은 어떻게 하냐구?

곁에 지니고 다니지

물론 가능한 한 가까이 더 깊이

나의 체온과 가장 유사한 형태로 말이야

이건 일종의 고백인데 말이지

별안간 책을 읽다가 너무 어여쁜 문장을 만나고 말았던

거야

그래서 내가 어떻게 했냐구?

그 페이지를 찢어서 안주머니에 넣고 다녔어

내 심장 맞은편에서

사각사각 이따금 마찰을 일으키기도 하면서

그 문장은 나와 온종일 키스를 했던 거라구

심지어는 괜한 자신감이 생기기도 하더란 말이지

왜냐하면 나는 그 순간에 가장 다가서고 싶던 것과

함께 어우러져 있으니까

가끔 지긋지긋한 세상에서

별 볼 일 없는 모습으로 살아가는 내게

가장 아름다운 일은 겨우 그 정도의 행위인 거지

나의 체온과 같은 모습으로

대상과 함께 걷는 일

오늘 하루 너에게 가장 가까운 것은 무엇이지

분명 너는 그걸 사랑하는 거야

가슴 가득 끌어안아보는 건 어때

혹시 알아?

소란한 공허함이 이내 멎어버릴지도 몰라

방향

시간이 무늬가 되어 사람은 세월을 입는다
지나간 사랑은 젊고 그리운 시절로
지나간 통증은 깊고 고요한 울음으로
지나간 간절함은 눈 내린 새벽처럼 먹먹해진 가슴으로

어느 외롭고 투박한 한철이
누군가를 스치며 남기고 간 흔적을 보라
사람은 지나간 세월을 입는다

일정하게 기울어진 나의 걸음이
초조하게 어딘가를 좇던 그의 뒷모습이
곁눈질로 슬쩍 타인의 진심을 살피던 한때의 고독이
어느새 습관처럼 삶 속으로 깊숙이 스며든다

노을은 깊어 가며 가슴에 잊힌 모닥불을 피우네
시간은 시들어 가며 무늬가 된다
지워지지 않는 그 순간들이 하나둘 가슴에 쌓여
끝내 사람은 꽃처럼 피고 질 노릇이니

묵묵히 걸어온 걸음 끝에 향기가 피어오른다
무엇을 향해 살아왔는지 어떤 것을 품고 울어왔는지
무거운 안개 속에서도 진실로 나를 알게 하는 힘
시간의 무늬가 비로소 내 존재를 설명해줄 때
걸어온 방향에서는 성실하게
오직, 그 사람만의 채취가 피어오른다

낙화

생은 저물어 가는 일이라고
끝내 시들고 마는 것이 삶이라고
부정할 수 없어 고개를 숙이며
흔적도 없이 세월에 낙후되어 갈 뿐이라고
무엇도 내 생각처럼 흘러가지 않았던 시간
간절할수록 상처받을 수밖에 없는 부조리의 흐름이라고
꽃이 지는 계절 내내 울먹이며 한동안은 그렇게 멍하니
앓아누워도

다만 묵인하고 있지 않습니까
피어나는 일에 관하여
다 떠나갔다고 세상이 펑펑 울며
다시는 없을 가난을 선사할지라도

무엇이 피고 지는 것이

구태여 부끄러운 일이 되어야겠습니까

길 잃은 마음이 주저앉아

외로움이 신앙처럼 기약 없는 기도에 이를지라도

여전히 부끄러워할 일은 아니지요

한 명의 사람으로 살았다는 것은

꼭 한 번,

아주 뜨거운 사랑이 그렇게 지나갔다는 것은

이 무렵의 고요함

내 고향은 새벽이 아니었을까요
나의 첫울음
어쩌면 이 무렵의 고요함인지도 모르겠어요

날카로운 햇살이 탯줄을 가르듯
알람 소리가 부산스럽게 나를 깨우네요
나는 울어요
실은 빛을 보기도 전에 나는 울었어요

새벽을 살고
낮 동안에는 곯아떨어지고 마는
가난한 청춘의 늪
서랍 속에는 시작을 일컬어두고

끝맺지 못한 노트들이 쌓여만 가네요

중력을 잊은 듯 훨훨 날아가 버릴 것만 같아
차마 펼쳐보지도 못하는 일기가 많아요
계속 써 내려가면 언젠가는 나비가 되었을까요
나를 들여다보다가
영영 이 세계에서 멀어져버릴 것 같아서
나는 하루에도 몇 번씩 체념을 하고 말아요

산다는 건
선물이라기엔 어딘가 어설픈 시간
걷기를 좋아하는 내가
멍하니 창밖을 보며 텅 빈 시간을 끌어안는
울음이 터져 나오기 직전의 눈망울 같은 것

새벽
새 그리고 벽
날아오르는 생명과 막아서는 사유가
공존하는 시각

한낮의 공허함과 불안의 증식 속에서

언제쯤이면 나는 삶에 뿌리내릴 수 있을까요

이제 그만 열매를 맺지 않아도 좋다고 생각해버려요

새까만 밤의 온기로 나를 에워싸야죠

인생이라는 새벽을 살았거든요

그게 참 기막힌 시간이었단 말이에요

그게 참 기가 막혀서 진짜

초록

누가 그러더라

적당히 살아도

아름다울 수 있어야 한다고

이름이 없어도

의미는 이미 그곳에 있는 것이라고

게으름도 개성이라고

눈에 보이는 성장보다

뿌리의 번영이 훨씬 귀중한 일이라고

하물며 세상에 이름 있는 식물이라곤

기껏해야 절반에 절반도 되지 않는다고

자연은 대부분 그 잘난 이름 없이도 무럭무럭 자란다고

초록의 절대다수는 무명의 삶을 산다고

상처 위에 덮이는 딱딱한 토양

그곳에서 자라는 생명이 튼실한 양분을 머금고 산다고
보잘것없다고 폄하하는 이가
실은 세상에서 가장 가난한 존재라고
평범하다는 말과 시시하다는 말의 의미를
함부로 오인해서는 안 된다고
유별나지 않은 것들이 세상에 초래하는 일
바로 그것이 빛나는 삶의 기적이라고

서성이다

사랑하는 이에게 편지를 써야지
그렇게 다짐하고 자리에 앉았으나
끝내 무엇도 쓰지 못했다

당신에 대하여 써 내려가야지
그렇게 노력했으나
여전히 나는 그를 모른다

다가서고 싶었으나
서성거리고 있던 것은 아닌가
헤아리고 싶었으나
그저 주변만 배회하고 있던 것은 아닌가

사랑하는 일이 어느새

의미를 모르는 관습처럼 다가오던 날

마주 보며 그 이유를 찾고 있던 나를 보면서

이 사람 어쩌면 이미 오래전에

내 곁을 떠났겠구나 하며 흐느껴 울었다

오늘은 목이 쉴 때까지
사랑한다고 말하려구요

오늘도 참 치열하게 살았습니다
하나 이렇게 그대 곁에서
눈을 감을 수 있어
이 밤, 세상에 아직 희망은 있다고 말할 수 있지요

벽난로 앞에서 오순도순
귤이나 까먹으면서
추억에 젖을 거예요
당신 손잡고 흥얼거리듯 입 맞추다가
다닥다닥 장작 타는 소리
박자를 맞추듯 우리를 달래주는
저 음영들의 온기에
어느새 두 뺨이 은근히 붉어지네요

오늘은 목이 쉴 때까지 사랑한다고 말하려구요

아른거리는 당신의 미소
아침 햇살에 고스란히 말려두었다가
그대 그리운 날마다
물끄러미 바라봐야겠어요

능숙하게 과거가 된다

어리석음의 주기가 짧아지고 있다. 조금씩 반납일에 다가서는 빌려온 책처럼 다 읽지 못한 서글픔이 하염없이 나를 기다리는 것이다. 나는 그만 어지럽다. 이 혼탁한 정신에 대해 생각하다가 어느새 해가 저문다. 낮이 밤보다 길어지는 계절이 왔다. 겨우 있던 숨을 곳마저 점차 사라져가는 기분, 문득 나는 그 시간들 사이에서 정처 없이 떠돈다. 상처들이 나으려다 다시금 생채기가 남던 때, 어느새 상처에 꽃 피는 계절이 왔다. 밤보다 어두운 밤, 낮보다 공허한 낮, 실은 사람과 사람을 가로막는 것은 그들 사이에 있는 공통분모들은 아니었을까. 침묵보다 나은 말이 아니라면 과감히 아무 말도 말아야지. 그렇게 다짐하면서 조금씩 나는 소외되기를 바란다. 마음이 좀처럼 정연해지지 않는 밤, 흔쾌히 외롭다. 어떤 말 앞에서 서성이던 마음과 길 위에서 어쩔 줄 모르던 걸음들은 다 같은 맥락일까. 다만 아무도 없는 곳에서 가느다란 목소리를 들었다. 그건 나였을까. 내 안에 여전히 내가 있다는 사실에 고맙다. 그 누구라도 멀어질 수 있다는 사실을 깊이 받아들이던 날, 코를 훌쩍이며 또 누군가에게 잊힐 나는 능숙하게 과거가 된다. 누구도 기억하지 않는 시절 속 풍경에는 얼마나 많은 내가 있을까. 밤보다 어둡고, 낮보다 공허한 이미 지나간 세월 속에 또 내가 늘었다. 빌려온 것들을 반납해야 할 때, 공교롭게도 그것은 마냥 예전의 것이 아니라 또다시 서운함 속에 놓아날 테지.

안녕

고백

안절부절 기다림에 이르는 시간, 울음이 쏟아지기 직전의 모습에서 비로소 목소리가 들리는 듯했습니다. 어느 순간부터 당신을 사랑하는 일이 나를 조여 오는 새벽의 쓸쓸함처럼 느껴집니다. 우리는 연약합니다. 사랑한다고 말하면서 흠칫 스스로 되묻기 일쑤입니다. 사랑해야 하므로 사랑한다고 말하는 일은 마음 없이도 몸을 나누는 일만큼이나 서운한 과정이라고 느낍니다. 분명 우리에게도 사랑했던 시절이 있었지요. 명랑하고 카랑카랑한 웃음이 어떤 의구심도 없이 진실로 서로에게 닿던 때가 있었지요. 하지만 언제까지 어제만을 그리워하며 나아갈 수가 있을까요. 현재의 서로를 사랑해줄 사람을 만나는 일이 구원입니다. 그렇지 않고서야 어디 사랑이 사랑인가요. 우리 오늘은 아무 걱정 말고 그냥 있는 힘껏 울어봅시다. 그렇게

울고 또 울고 지난 우리들의 마음에 부끄럽지 않게 사랑
에 이를 수 있다면 그때는 다시 한번이 아니라 처음부터
사랑하고, 아니면 그냥 이별하기로 합시다.

야옹과 포옹

야옹이라는 울음과

포옹이라는 단어는 닮았다

발음하면 그르렁 소리가 안으로 돌아간다

자음의 진동이 모음에게 와락 안긴다

그리하여 마음을 포용하는 울음은 야옹이고

가슴을 안도하는 행위가 포옹이지

한 번이라도 안겨본 존재들은 안다

가슴팍에 담긴 그 온기가

내 삶을 얼마나 두근거리게 했는지

실연한 친구가 어느 날은

고양이를 키우겠다고 말했다

포옹을 잃고 야옹을 듣다가
누군가를 결코 떠나지 않을
어미가 되어주고 싶어서라고 짐작만 했을 뿐이다

부재를 포용으로 대신하는 것도
실망 섞인 울음에
나를 온통 맡길 수 있는 것도
안길 대상을 잃은 자에게는
시무룩한 혼잣말이나 다름없을 뿐

야옹과 포옹은 닮았다
안간힘을 다해야 한다는 점에서

비밀

내 슬픔의 본문에 당신이 들어와
과감히 찢어버린 공백의 울음들
불안을 매개로 서로의 끄덕임이 되어주던
낮과 밤의 경계에서
오늘따라 울음인지 웃음인지
뜨거워지는 눈시울이 반짝입니다

당신은 내 울음을 그치는 방법을 알고 있지요
그리하여 반대로 나를 울게 해야만 했습니까

이제는 불을 켜지 않고서도
평온히 잠을 청할 수 있을 만큼
섣부르게 다른 누군가를 사랑하지 않을 만큼

혼자서도 흐르는 눈물을 막지 않을 만큼

나는 강해졌습니다

그러니 뒤돌아보지 않으셔도 괜찮습니다

과감히 내 삶의 어느 한쪽을 찢어

영원한 의문으로 남은 당신의 진심

더는 가르쳐주지 않으셔도

나는 괜찮습니다

나는……

한바탕 덧없는 일

졸음이 엉겨 붙은 오후에는
불면의 기억들이 알뜰히 숨어버리는 거 있지
또 밤이 내리면
차마 황폐해질까 두려운 건지도 몰라

거울을 들여다보니
못 보던 선들이 번졌네
주름진 곳을 깊이 들여다보면 말이야
이건 좀처럼 평행하게 만들 수 없을 것 같다는 느낌이
들어
하지만 구태여 부정할 이유도 없는 거지
손금을 보며 인생을 말하는 사람 앞에서
어떻게, 어떻게를 외치면 그 사람 난감해하지 않을까

그냥 오래오래 산다거나, 많이많이 번다거나
운명이란 것에 나와 있는 건 그런 게 전부더라고

그치, 시시한 거야
잠들기 전 다리를 주무르다 보면
어딘가에서 통증이 느껴지곤 해
저릿한 느낌에 잠시 몸과 마음이 수축될 때면
덜컥 낫지 않는 병에 걸린 건 아닐까
세상에 기한을 설정해버리는 상상에 젖기도 했어
그리고 한 일주일 즈음 지났을까
아프지 않더란 말이야
나는 그것에 실망했어

보이는 것에 보이지 않는 무엇을 느끼고
더는 느껴지지 않은 무엇으로
한없이 우울한 나를 알아버리고 말아
잠은 오는데 눈도 감았는데
이제 그만 쉬고 싶은데

평결

병원에 가면 이상하게 더 아픕니다

잊고 있던 상처들이 '아차!' 하고 꿈에서 깨어나는 듯이

지친 걸음으로 집으로 돌아오는 길

가끔은 상상 속에서

실재하지 않는 연인과 싸우고 혼자서 토라져버립니다

어떻게 그럴 수가 있지?

그건 어쩌면 연인이 아니라

내가 모르는 나는 아니었을까

가장 사랑하기 어려운 대상이 나는 아닐까

뻔한 말들의 소중함이 더욱 절실해지는 시간

한 줌의 다정함이 누군가를 다시 살게 하기도 하지요

처방받은 약을 먹으면서

우울의 교집합 속에 들어와 있는

나를 자세히 바라봅니다

무엇이 너를 아프게 하니

무엇이 너를 아프게 하니

사실은 사람을 이해하는 것이 너무 아픕니다

그렇게 말하자 재채기는 도망가버리고

남겨진 나는 멍하니 말을 잃고

고고학자처럼 오래된 것들을 되짚어보지요

알 수 없는 의미만 들여다보고 있지요

말 없는 역사 속에서

그와 연루된 수많은 인과를 헤아려보려 애쓰고 있지요

하지만 이번엔 내가 직접 처방을 내려줄게요

아니 이건 어쩌면 일종의 선고인지도 모르겠지만……

내 안의 모든 나는 정숙하시고 귀를 기울여주세요

좋습니다

평결합니다

내용은 다음과 같군요

다른 사람을 이해하려고

자신의 삶을 너무 낭비하지는 마세요

그리고 이제는 행복하세요

이상입니다

파도 소리

지금 내가 바라보는 곳에는
파도 소리가 너무 예뻐
너에게도 들려주고 싶어

이윽고 나는 가슴에 수화기를 가져다 놓았다

요즘 너는 어때?
아직도 밤잠을 설치곤 하니?
아름다운 순간에 안착할 때면
불현듯 네게 전화를 걸고 싶어
우리가 연결되어 있었으면 좋겠어
내가 느끼는 이 감정들
고루 전할 수 있다면 얼마나 기쁠까

요즘 너는 어때?

내가 있는 곳은 네가 그리워

가끔 혼자 걸을 때면

주머니에 손을 쿡 찔러 넣고서

괜한 혼잣말들만 꺼내어놓지

곧 있으면 장마야

아마도 꽤나 긴 비가 내릴 모양이야

요즘 너는 어때?

나로 말하자면

햇살 가득 너에게 안기고 싶어

지금 내가 바라보는 곳에는

파도 소리가 너무 예뻐

너에게도 들려주고 싶어

이윽고 나는 가슴에 수화기를 가져다 놓았다

당신이 내 해변이야

내 방향은 오직, 너야

반항

1.

대부분은 기대했던 방향과 다르게 흘렀다

그럴싸하지만 자세히 귀를 기울이면

삶의 어디쯤 음정 하나가 잘못 조율된 건반처럼

왜 유난히도 햇살이 아름답던 날

그대는 나를 떠났고

참 지독하게도 비가 내리던 날에

나는 별로 원치 않는 외출 길에 올라야만 했는지

잇따른 조언과 방법들이 넉넉하게 쌓여 갈 때 즈음

나는 더 무거워졌고

애써 괜찮다는 말을 기어코 몇 번은 더 발음해야만 했지

일기 위에 쓰인 잇따른 독백들은

삶에 그리 넉넉한 보탬이 되지는 못했을뿐더러

음악이 되지 못한 소리는

자연히 소음이거나,

누구도 기억하지 못할 잡음으로 그칠 뿐이었다

2.

명쾌한 악보가 있다고 해서

누구나 다 피아니스트가 되는 것은 아니다

나는 심하게 화가 나 있었다

악기를 부수고 싶을 만큼

이 답답한 세계에서 탈출할 수 있는 유일한 길이

마치, 나를 아프게 하는 일인 듯이

3.

목이 너무 말라서 깨어나버린

어두운 정적 속의 누군가가

세상을 향해 더듬거리며 전진한다

반항이란 세상을 향한 나의 항변이자

유일한 이실직고였다

그저, 알아주기를 바랐던 것이다

이렇게 쉰 목소리, 형편없는 화음으로

유독 뒤꿈치가 많이 닳아

이따금 걸음을 절곤 했던 나의 시절들이

그렇게나 부서지기 쉬운 것이었다는 것을

누군가에게 진심으로 깊이 기대고 싶었다는 것을

4.

모두가 잠든 시각

내 방에서 작게 웅크리고 눈물을 참아보는

어린 나의 첫 반항

너무 아늑하여 그 느낌,

차마 잊을 수 없는 무언가가 있다는 것을 처음으로 알았네

긴 바람은 불어와 얇은 커튼을 흔들어놓고

가슴이 답답하여 창밖을 내다보았는데

고요한 새벽녘에

누군가 홀로 그네를 타고 있었지

달빛이라도 조금 나누어줄 것을

외로운 이들이 각자의 방식으로

긴 밤을 지새우던 때

세상에는 눈물이 아닌

위로가 있다는 것을 처음으로 알았네

non-being

; 유의 부정

소중한 건 모두

출구도 없는 단어들
언제부터인지도 모르게
번번이 그 안에 머물러 있어요

너무 작아서 거들떠보지도 않았던 나는
이제는 너무 자라 글자가 비좁을 지경이네요

슬픔이라는 단어 속에서는
저녁마다 손톱만 한 노을이 비처럼 쏟아지고요
저기 변두리까지 걸어가면
별무리 아래로 몇몇 어휘들은 바짝 엎드려 기도를 올리
는 것 같아요

골목 끝자락 있는 희고 커다란 벽

그 모서리 어딘가에서 오늘도 작은 글자 하나를 적고

제집인 듯 편히 누워 잠을 청해요

눈을 감으면 그곳이 나의 우주예요

달에 착륙한 우주인처럼

떠다니듯 한 걸음을 옮겨

다음 장에도 나를 눌러쓰면

거기엔 또 얼마나 진한 낭만이

사전처럼 정겹게 폭 나를 안아줄까요

봄밤, 하고 말하면

도통 빠져나갈 수가 없는 기분이 들어요

내 입술이 이 밤의 베개가 되면

거기에서 쏟아진 말들은 꼭

사랑했던 연인처럼 나를 끌어안는 것 같아요

눈이 온다

눈송이가 섣부른 안부처럼

조금 이르게 떨어지더라도

아무도 그 도약을 실수라고 말하지는 않는다

첫눈이 영원을 위하여 날아오르지 않듯

그저 사랑이란 그 절룩거리는 모습이

서로를 모시러 오는 정거장으로 쌓여만 가는 것이다

오늘도 나의 과녁은 당신의 품

그대가 내게로 걸어올 때

어쩌면 나는 바다를 안아볼 수도 있겠다

모든 눈은 불시착하는 몸짓 같은 것

닿으려 할 때마다 조금씩 비켜 나간다

취한 밤
포옹이라는 단어가 우리의 거처가 될 때
이해할 필요도 없이 다만 향기 때문에 나는 울었다

사랑은 그렇게 녹아서
희미해지는 순간까지도
그윽하게 바라봐주는 일은 아닌가

눈이 와 허연 반짝임이 허공으로 날아오를 때
지상에 닿으며 스민 꿈은 모두 당신과 함께 다녀간 나의
낭만이다

serendipity

예쁜 말들이 나를 기다린다. 비가 온다. 너의 싱그러운 입맞춤. 오늘도 깊은 잠 예쁜 꿈꿔요. 묵묵히 스치며 지나도 오래오래 잔향으로 남는 거지. 침묵은 뜻밖의 행운. serendipity. 일조량이 많은 날은 햇살 아래에서 넉넉한 미소를 머금는 거야. 나의 즐거운 사생활은 포근한 단어에 붙여진 금리. 예쁜 말들은 잊지 않고 나를 안아준다. 헛된 조소는 부지런히 찾아드네. 자기음미. 다소 다듬어지지 않은 곳에서 느껴지는 따뜻함. 아날로그. 나는 스스로 발음하는 모든 것의 첫 번째 청취자. 내 안에 보존될 말들이 곧 나의 신분이 되지.

망설임이 머무는 곳

그러니까 자부심이란 건 아주 대단한 결과물을 놓고서 이야기하는 건 아니라고 본다 이 말이지. 가령 주체적으로 산다는 말 같은 것.

꽤나 힘이 빠져 있는 너를 앞에 두고서 나지막이, 그러나 또박또박 분명하게 말했다. 너는 말없이 이미 식어버렸을지도 모를 커피 잔을 조심스레 들고는 한 모금을 삼킨다. 나는 그 모습이 아주 오랜 기간 혼자 방치된 채로 나풀거리는 먼지들 사이로 삐거덕 소리가 스며드는 기억 속의 집 같다고 생각했다. 움직임을 포착할 때마다 앓는 소리는 일제히 날아오른다.

성냥불을 큰 장작으로 옮겨내기 위하여 한 손으로 조심

스레 바람을 막아내던 너는, 이제 벽난로 앞에서 후후 일정한 간격으로 바람을 불어넣고 있다. 한숨이 산화되어 생기는 열에너지를 따뜻하고 받아들일 수 있을까. 보푸라기처럼 한때의 고민거리들은 온기를 잔뜩 머금고 고루 뭉쳐진다. 조금씩 단단해지는 관절들의 움직임 속에 삐걱삐걱 비밀을 간직한 문처럼 너의 입은 반쯤 열렸다 닫히기도 했다. 혀끝에 맴도는 망설임, 나는 너의 손을 감싸 쥐며 넌지시 말을 잇는다.

말하지 못할 것과 말하려고 하는 만큼 사라져 가는 것들 사이에서 마침내 너는 말하지 않아도 나름대로는 애를 써본 것이 아니니, 혹시 너의 영혼이 언어를 잃어버려 슬픔을 끌어안을 수 없다고 해도 세상 어딘가에는 전파를 타고 흘러가는 라디오의 사연이 있고, 유행이 지난 노래 가사와 누군가 읽다 접어둔 책갈피가 있지 않겠니.

마주잡은 불안

젊은 날 우리는 한때의 꼭 마주 잡은 불안이었습니다
막차 시간이 다가오면 점점 서둘러 뛰는 작은 가슴이었
습니다
늦은 밤 따스한 가옥의 불빛을 바라보며
어렴풋한 미래의 서로를 발견해내는
먼 은하의 박리된 예언이었습니다
같은 우산 아래에서 서로 젖어 가고픈 어깨였다가
간신히 끼니를 때우며 당신의 허기를 걱정하는 마음이었
습니다
뒤척이는 신음이었고 두근거리는 밤의 파도였습니다
서로의 숨 돌리는 시간이 서로를 생각하는 시간이었던
뒤돌아서면 안부를 묻고 싶어지는
흰 와이셔츠에 검은 때는 다 지우지 못해도

당신 얼굴에 번지는 생의 고단함은 못내 신경이 쓰이던

구멍 난 양말을 신고서도 빈 곳이 없을 만큼 꽉 안아줄

수가 있던

세상의 눈길보다 서로의 미소가 소중했던

한때의 마주 잡은 불안마저 서로이기에 가능했던

젊었던 우리는 연인이었습니다

서툰 글자
―말없이 고쳐 쓰는 편지

편지를 쓰고 있다는 것. 하지만 여간 서툰 글씨가 마음에 들지 않는다는 것. 지구 어디에선가 당신이란 행선지가 이 편지의 종착역이 되리라는 것. 한 번에 다 완성하지 못해 글자를 쓰다 말고 저녁 끼니를 챙겨 먹기도 했다는 것. 농담을 적어보기도 했지만 전혀 웃기지 않아 새로 쓴 편지라는 것. 그렇게 벌써 몇 번째 말없이 고쳐 쓰는 편지라는 것. 봉투에 동봉하고서야 꼭 해야 할 말이 떠올랐다는 것. 아니, 사실은 일찍이 알고 있었으나 그리하지 못했다는 것. 그렇게 터트리지 못한 울음들이 이 편지에 승차하지 못하고 말없이 손을 흔들었다는 것. 그런 서툰 글자들이 연필 끝에서 입김처럼 서성였다는 것. 그리하여 여릿한 낱말을 읽어내었다면 답장으로 괜한 위로는 부치지 말아 달라 당부한다는 것. 하지 못한 말들은 전부

오래 에둘러 조용히 놓일 나의 손목이라는 것. 그것은 피부로 쉬는 숨이라는 것. 멈출 수 없는 맥박이 어느 날은 미끄러지듯 당신의 꿈을 꾸었다는 것. 실은 이 모든 말은 한밤중 홀로 부서진 암흑처럼 말없이 책상 앞에 걸터앉은 누군가의 옛 애인이라는 것.

8월의 일몰

8월에는 자주 취해 있었습니다. 여름이란 시절은 너무 섭섭해서 늦은 밤 테라스에서 맥주라도 한 잔 들이켜지 않고서는 퍽 애틋해질 것만 같아서였습니다. 우리는 만날 때마다 무언가를 마셨습니다. 늦은 밤 커피를 마시고서 새벽을 온통 서로의 품 안에서 뜬눈으로 보내도 좋은 나날이었습니다. 너무 그을린 곳이 종종 따끔거렸지만 아프다 말하지 않고 그저 지나갈 일이라며 대수롭지 않게 웃기도 했던 계절이었습니다.

인생을 제대로 살아보겠단 마음보단 지금 당신이란 사람을 소홀히 대하지 않겠다고 다짐했던 시기였습니다. 포기한 것은 많았지만 그만큼 지켜낸 것이 더 가치 있던 순간들이었습니다. 하루는 성실히 흘러갔지만 그 계절은

참으로 더디게 우리 곁에 머물러 있었습니다.

우리는 취한 마음에 곧잘 다른 계절을 꿈꿔보기도 하였습니다. 땀이 흐르면서도 꼭 손은 놓지 않았던 것이 돌아보면 대견할 정도입니다. 검게 익은 목덜미에 입술을 가져다 대면서 일몰처럼 당신이 제 안으로 들어오던 순간들이었습니다. 소외된 말들이 푸르게 여물어 오랜만에 고향을 찾은 듯 낮잠을 청하기도 했던 그때 어둠 속에서 재잘대며 소꿉장난처럼 우리는 가정을 꿈꿔보기도 하였습니다.

열대야가 깊던 새벽이면 때때로 우리는 자다가 일어나 문득 서로를 고요히 들여다보았습니다. 불 꺼진 대낮에 가난을 완성하기도 했던 우리였습니다. 그만큼이나 동경했고 꼭 한번 품어보고자 했던 꿈들이 그해 여름에는 빈번히 울먹였습니다. 자주 취해 있었습니다. 종종 따끔거렸지만 아프다 말하지 않고 그저 지나갈 일이라며 대수롭지 않게 웃기도 했던 그런 계절이었습니다.

살아지는 살아가는

자유롭게 사고해 나가기 위하여

가능한 한 부족한 것들에 적의를 가지지 않기 위하여

내 안에 그러한 것들이 존재하고 있었다는 사실

그 자체를 받아들일 준비를 하기 위하여

인생의 가혹한 희생양이 되지 않기 위하여

날지 않아도 되는 자유를 실현하기 위하여

영문도 모르는 슬픔에 이름을 지어주기 위하여

오늘은 늦잠을 자도 괜찮을 이유를 지니기 위해

언제까지라도 사라지지 않을 내 안의 약속을 위하여

'인생이란 무엇이다'라고 너무 쉽게 단정 짓는 실수를 범

하지 않기 위하여

죽음 앞에 떳떳하기 위하여

소유보다 더 값진 내려놓음을 누리기 위하여

자기변호에 대한 그럴듯한 낭만을 위하여

내 안에 존재하는 이 공허한 구멍을 채우기 위하여

언제까지나, 언제까지나 살아지는 살아가는 나의 행복한

나날을 위하여

밤하늘에는 여전히
내 속을 엿듣는 귀가 있다

오랜만에 고향에 내려가서
친구들과 술을 한 잔 마신 날
집으로 돌아가는 길 골목 초입에서
하염없이 빛을 발하는 가로등 불빛처럼
어머니가 나를 기다리고 있다

높게 하늘을 올려다보는 얼굴
어떤 생각으로 나를 기다리시나
편편하게 펼쳐진 이부자리에 누워 천장을 바라보니
어린 시절에 붙여 놓은 별들이 속삭이듯 빛을 발하고 있다

눈이 부실 정도는 되지 못하는
미비한 별들이 엉거주춤 그 밤에 속할 때

떼어내려고 하다가 그만 손을 내려놓기로 한다

내가 잊어버린 희망의 목록들

자못 쓸쓸해도 성실히 고독을 당기며

희미하게 반짝거리네

한때 나의 허화(虛華)였고 소원이었을 토성의 고리들

갈릴레이는 그것들이 행성의 귀인 줄로 알았다지

나의 우주는 늦은 밤 내 혼잣말을 엿듣고

더불어 아직까지 빛을 머금고 있네

현실의 중력을 잊은 듯이

나는 환하게 웃기로 한다

음악이 내려앉은 작은 방. 간신히 추위를 피한 연인이 따뜻한 물에 목욕을 하며 호사를 누리네. 사랑은 쉽게 꺾어 온 꽃은 아니어라. 나는 당신의 오래된 정원. 아직은 덜 마른 머리칼을 비비며 기침이 나올수록 더 가까이 끌어 안는 연인이 있었네. 결혼을 하면 강아지를 키우자고. 그 러려면 마당을 가꿀 마음이 있어야 한다고. 우리는 서로 의 모자람에 덧댄 헝겊이고 싶었지. 당신이 이불을 걷어 낼 때마다 나는 이 세월 당신의 밤에 펼쳐질 온전한 꿈이 고 싶어라. 가벼운 지갑에는 그 언젠가 그대가 나를 위해 써 내려간 편지가 있고 늦은 저녁 골목에 들어서면 가로 등 아래에는 비로소 나의 안식인 그대가 나를 보며 손을 흔든다. 그리하여 진정 나는 가난을 모르고 웃었네. 기약 도 없는 꿈이고 싶어라. 부러지지 않는 희망과 감히 꺾어

올 수 없는 꽃말이 늘 우리 가슴 속에는 달무리처럼 읊어
지고 있었지. 나는 환하게 웃기도 한다.

이 순간 이 행복 나는 가난하지 않다.
우리라는 긴 시가 있기에.

나의 바다

인생에서 노력한 만큼 좋은 결과로 이어진 경우는 정말이지 드물었는데 요즘 들어서, 지금껏 흩어져 있던 그 수많은 노력과 실망이 하나의 큰 줄기로 합해지고 있음을 조금씩 느끼고 있다. 당장 일 년 뒤에 내가 무엇을 하고 있을지 계속 글을 쓰고 있을지 좀처럼 알 수 없는 인생이지만 언제, 어디에서, 무슨 일은 하든 그 안에서 작은 재미와 자긍심을 발견해내는 나였으면 좋겠다. 이를테면 화창한 오후에 하는 달리기처럼 추월과 목표의 달성에서 오는 우쭐한 쾌감이 아니라 한걸음 또 한걸음 이 시간을 내가 달리고 있다는 것 그 자체만으로 인정할 수밖에 없는 무언의 탄성을 내뱉고 싶은 모양이다. 때때로 나의 바다가 비록 너무 작은 어항일지라도 나는 그곳을 결단코 마르지 않는 샘으로 섬길 작정이다.

레몬 파운드

부서지는 것이 두렵지 않은가요
파도가 되는 일은 마음만으로는
가늠하기가 어렵습니다

우리는 예쁜 단면을 사이에 두고
레몬은 역시 향이야 하며
음, 미소를 지었지요

우리가 고른 파운드케이크는
너무 잘 부서지곤 해서
한번 포크를 가져다 대는 순간
조그마한 부스러기들이 그릇 위로 흩어졌어요

당신이 쿡 찔러 놓은 케이크의 단면에서
쏟아져 내린 것들을 저는 곱게 쓸어 담아
입안으로 털어놓았습니다

당신이 웃으며
왜 조그마한 것들만 골라 먹느냐고 묻기에
나름대로 쏠쏠한 재미가 있다 말하며 음, 미소를 지었지요
부스러기에도 향이 있다고
조금 더 젊어서는 몰랐던 그 느낌을
그날은 아주 잘게 삼켜내었지요

당신과 함께 보낸 가을에는
그러한 생각들이 즐비하였습니다
세상이 꼭 마음먹은 대로 되지 않는다고
한숨을 내쉬며 돌아본 세상은
공교롭게도 너무 아름다워서
감히 슬퍼지려는 마음이 꺼려지기도 했으니까요

오후 반차를 내고 갑자기

공항으로 가고 싶다던 당신

활주로도 없이 조용히 이륙하던 제 마음이

그날 당신을 바래다주고는 고이 다시 지상을 밟았습니다

아, 가을은 괜히 가을이 아니구나

잘게 부서진 낙엽의 조각들을

괜히 한번 발로 건드려보기도 하면서

웃는 얼굴을 다시금 떠올리면서 집으로 돌아오는 길에는

그렁그렁한 그 눈을 졸음처럼 깜박여보기도 하면서

부스러기에도 향이 있기에 참 다행이라는 생각을 해보았

습니다

다시 만나 기뻐요

당신이 힐긋 나를 보고 웃어버리면

부스러기처럼 와르르

내 마음은 잠이 들 때까지도 향긋하다니까요

non-being
—유의 부정

유의 부정

없는 것도 사랑할 수 있음이

비유의 존재 가치이다

내가 우리를 바다 근처에서 흔들리고 있는

소나무 가지라고 칭할 때

실제로 너는 그 풍경을 본 적이 없어도 사랑할 수 있다

비유란 잠재된 결여를 일찍이 안아주는 일

나는 너를

네가 없는 곳에서도 사랑할 수 있다

만약에 우리가 다가올 겨울에 내릴

아직 생성되지 않은 눈송이들이라면
반짝임도 없는 나에게
빛을 투과해준 것은 다름 아닌
너에 대한 부정이었을 것이다

부정하는 것들은 대개 여느 날엔 사랑했을 무언가
너를 만나기 전날은
밤마다 내 방이 온통 환하여 잠을 이룰 수가 없었지
지금은 사라진 그 빛은 훗날 온 세상에 읊어질 눈발이 될
것이다

눈이 오면 사람들은 무언가를 떠올린다
지금 곁에 없는 것들을 생각하면서
그제야 사랑을 알겠다고 끄덕이면서
이름 없는 어느 외딴 골목에 서서
이제는 당신이 없어도
당신을 사랑할 수 있겠다고
지친 나를 위로하기도 하면서

풍경은 조용히 사람을 위로한다

풍경은 조용히 사람을 위로한다
우리가 떠나는 이유는
실은 그냥 잘 지내기 위해서인 것 같다

쑥스럽고 어색한 때로는 과분하고 너무나 하찮은
그런 한결같고도 모호한 이유로
나의 매일은 바닷마을 풍경을 닮았구나

사랑하고 또 사랑하리
지금 이 순간의 서운함이여
다만 끄덕이며 우리는 당신과 나 사이에 놓인
그 노을 진 해안선을 보았네

일몰의 바람은 유유히 스며드는 것

발을 동동 구를 정도로 너무 예뻐서

차마 눈을 감지 못하는 순간처럼

오래도록 우리 사이엔 그 자그마한 풍경이 있었으면

우편배달부의 경쾌한 종소리가

마당 앞에서 안부를 물으면

멀리 시간을 에둘러 내게 온 이 소식은

언젠가

우리가 함께 바라본 조용한 풍경이었던 것을

우리 사이에 물든

우리가 함께 머문 계절을

그 무렵 읽고 있던 책갈피에 쿡 찔러 넣었습니다

설렘과 환멸이 번갈아 몰아쳤던

사랑의 방식으로 실망을 경험했던 색감이

지금이라면 고운 빛으로 피어났을까요

가끔 내가 당신을 떠올릴 때

당신도 나를 그렇게 한참은 읽어보기를 권하고 싶었답니다

나이에 따라 다르게 읽히는 문장이 있다고 하지요

그 무렵 주석까지 덧붙여 가며 낱낱이 써 내려갔던 내 마음이

이제는 슬프기보다 예뻐 보이는 날입니다

우리는 서로에게 어려운 말들을 참 많이도 건네었군요

그 헤아릴 수 없음이 이제 와 참 고맙습니다

처음 같이 잠을 청했던 날

당신이 코를 골며 잠든 모습을 보고

이대로 영영 사랑해도 좋겠다고 생각했습니다

이유는 잘 모르겠지만

그날은 제 세계의 규칙을 다시금 규정했던 날입니다

나보다 더 소중한 무엇이

이불 안에서 조용히 꿈을 꾸고 있다는 것이

조금은 낯설고 두렵기도 하였지만

어딘가 세상의 어둠이 조금은 옅어지진 않았을까 하는

생각이 들 정도로

나는 잠든 당신의 모습을 가만 들여다보았던 것입니다

° 너는 내 여름밤 공기야

너는 내 여름밤 공기야. 잠들기 전 어루만지는 부드러운 베갯잇이야. 그저 같이 가게만 해달라고 응석을 부리는 삐죽 나온 입술이야. 그러니까 나에게 넌 엉겁결에 골목에서 마주친 짝사랑이야. 잘자— 하고 말하면 씨익 웃으며 돌아오는 자장가 같은 말이야. 네가 내 빗소리야. 기다리고 기다리던 반가운 소식이야. 고마워. 고마워. 나의 온 애정을 조그마한 액자 속에 담을 수가 있다면 딱 한 장 네 사진을 찍을 거야. 네가 웃는 모습을 볼 때 나는 우리를 느껴. 고마워. 고마워. 네가 내 처음이고 네가 내 마지막이야. 너는 문득, 펼친 책 속에서 마주친 다정한 한마디야. 네가 나의 다행이야. 너는 나의 그늘이고 잔디밭이야. 너는 내가 쏘아 올린 눈빛의 과녁이야. 사실은 있잖아, 고마워. 나에게 너는 새까만 밤에 부스럭거리는 포근한 이불 같아. 네가 나의 꿈이고 네가 나의 아침이야.
안아줘서 고마워.

° 도시

알 수 없는 것에 대하여 너무 깊이 생각하였더니 나는 그만 울먹이는 고아가 된 기분이 들었다. 길을 잃었다고 생각하니 그때부터 마음이 조급해졌다. 모래시계와 같이 좁은 틈 사이로 그런 내가 묵묵히 쏟아지고 있다. 그럭저럭 흘러가고 있는 먹먹함, 거기에는 무사히 작은 형태로 빈 곳을 채우는 나의 불확실함이 있다. 언제부턴가 때때로 사람보다 사물에서 더 큰 측은함을 느낀다. 기능하고 기능하다 곧잘 버려지곤 하는 것, 어찌 된 영문인지 매일 마주하는 장면들이 고맙고 또 너무 미워 눈물이 나기도 한다. 우리는 어디에서 불어와 어디로 사라지는가. 나는 그저 멋쩍은 미소만 지어 보인다. 오늘은 그림자 위로 가지런히 누워 멍하니 밤의 이야기를 듣기로 했다.

기억하려고 해도 자꾸만 사라져버리는 이야기가, 기록하려 해도 영영 채워지지 않는 빈 종이가 내 안에서 조용히 희미해지고 있다는 사실만을 말하고 있다. 내 안에 아직 꺼지지 않은 작은 불씨가 있다면 그 어렴풋한 회화와 빛바랜 낱말들을 비추며 잃어버리고서야 미처 그 쓸쓸함을 알게 되는 것들에 대하여 낱낱이 설명해보는 것도 좋을 것이다. 새벽의 도시는 검은 눈이 내린 백열전구의 소실점. 목이 말라 잠에서 깨어난 청춘은 창문 밖 소복이 내린 공허함을 머금으며 이따금 자신의 삶을 작고 둥근 한숨으로 뭉쳐 띄워 보냈다.

아울러 내가 하고 있는 것

눈빛은 언어의 몸짓이다. 말은 몸짓이 만들어내는 소리의 형태다. 음색은 우리가 기도하는 시간의 주술이다. 하여 보고 싶다는 음향으로 마음을 전하는 일보다 내가 당신을 보고 싶어 할 때 아울러 내 행동이 더 많은 것을 가능하게 한다. 언어는 행동보다 부정확하다. 속삭이는 것보다 더 논리적인 증명은 보여주는 것이다. 행동은 경이롭다. 그 경이로움 속에서 혀나 손가락 같은 도구는 모두무색해진다. 가장 옳은 맞춤법은 텍스트가 아니라 몸짓에 있다. 정서는 그러한 규칙 속에서 공공연하게 아름다워진다. 나의 올곧음은 언어를 지니고 있다. 하지만 말과 행동이 서로 어긋날 때 내가 지닌 문체는 결국 아쉬운 문맹일 뿐이다. 사랑은 초라한 서체로서 그 진실을 말할지언정 정밀한 거짓으로 사유를 구걸하지 않는다.

억지로 삼켜낸 단어들의 세계

자꾸만 짧아져 가는 손톱으로 캔 뚜껑을 따려고 시도할 때마다 여간 민망한 게 아니다. 언제부턴가 굳이 손톱을 다듬지 않아도 자라는 듯 자라지 않던 그것은 왜 매번 멈춰 있나 하는 생각이 들기도 했다. 사람들은 여전히 만날 때마다 무슨 일이 없냐고 안부를 묻는다. 아무 일도 없다고 말하면서 가끔 아무런 일도 없다는 게 다행스러운 건가 되물어보게 된다. 정말로 말하고 싶은 말들은 괄호 안으로 모셔둔 지 오래라고 생각하면서 고개를 돌려 바라본 곳에는 유리에 비친 내가 손톱을 깨물고 있다. 어쩌면 말하기 전에 속으로 괄호를 그려 넣을 때마다 앙- 손톱을 깨물어 온 것 같다. 때때로 아니 종종 나는 억지로 삼켜낸 단어들의 세계가 된다. 사람이란 음소거가 적용된 모니터 같다. 매번 새 전등으로 갈아 끼워도 눈을 질끈 감아버리는 허무함이랄까. 또 지그시 입술에 삼켜진 말들 속에서 세월은 손톱이 아니라 내가 바라보는 세상과 내가 지닌 몸의 길이까지 꾹 눌러 담는다. 가령 손톱뿐만이 아니라 그 밖에 많은 것도 가을처럼 짧아지고 있다.

오래 유실되었던 속눈썹

이 시간이면 매번 저 자리에서 책을 읽어. 멋진 일이야. 일상의 그런 루틴을 지니고 있다는 건 정말 멋진 일인 것 같고 있잖아. 저 자리에서 할아버지가 책을 읽고 있으면 나는 여기서 그런 할아버지의 세월을 읽어. 주름 하나하나에 어떤 의미가 있는 것 같고 검버섯 하나하나에 이름이라도 붙여져 있는 것 같거든. 재밌어. 그러니까 낭만적이야. 맞아. 낭만이란 단어야. 나이 들면서 내팽개치곤 했던 내 오랜 연인의 이름이 바로 그것이야. 요즘은 뭐랄까 눈도 침침하고 일주일에 한 번. 밖에서 한 사람만 만나도 혼자만의 시간이 필요하다고 느껴버리지 뭐야. 오늘도 피로한 나의 세포들 잠을 자도 잠을 자고 싶고 밥을 먹어도 자꾸 어딘가 허전한 듯해. 역시나 인생이란 건 개수대 구멍처럼 자꾸만 비워져 가는 걸까. 옆구리 살이 늘

어갈수록 어쩐지 구멍은 더 커지는 것 같아. 하여간 나이 먹는 건 싫지만 곱게 늙고 싶긴 해. 피부는 좀 늘어지고 허리가 좀 굽어도 말이야. 햇살의 따사로움, 책을 읽는 즐거움, 오후의 낭만처럼 둥그런 옛 시절의 추억들, 뭐 그런 것들로 광합성을 하고 싶은 거지. 무럭무럭 길다면 길고 짧다면 짧은 그 시간이 흘러 내가 누운 자리에서 피어날 향은 어떤 울음을 불러일으킬까. 그 울음 이전에 많은 미소를 전해주었던 인물이고 싶어.

그런 내 오랜 연인의 이름이 바로 그것이었어
섣부른 울음보다 희고 공연한 입맞춤보다 붉은 그 이름

익숙한 간판처럼 별 볼 일 없지만
언제나 내 어두운 걸음의 끝에선 그 이름만이 반짝이고 있었지
어쩌면 내 삶에서 혼자만 오래 앓아온 말일지도 모르지

온통 울다 돌아온 마음
그런 루틴이 있다는 건 멋진 일이잖아

사랑하고 슬퍼하면서도

이번 생에 가장 잘한 일은

역시나 사랑했던 일이었다고 가슴을 쓸어내리는 일

싱그러운 기억이 오래 유실되었던 속눈썹처럼

한때의 일몰 속에서 가늘게 떨리고 있어

많은 것이 변했지만 여전히 내가 기억하고 있어

때때로 기억의 세계에서는 변하지 않는 것들이 있어

아마도 영영 기억에 부쳐두고픈 대상이 있다는 건 그런

의미일 거야

낮잠

간절기에는 새벽에 자주 목이 따끔거립니다. 손수건으로 목을 감쌌다가도 어딘가 조금 답답해서 자꾸만 다시 내려놓고 말았습니다. 결국에는 잠을 청하지 못하였습니다. 삼키지도 못하고 뱉지도 못할 단어들이 아무렇게나 뒤엉켜 체증을 일으키고 있는 것 같기도 하였습니다. 날이 밝아 병원에 가니 머리에 핑 어지러움을 느꼈습니다. 목이 아프다고 어지럽다고 하소연을 하고 약을 처방받았습니다. 의사 선생님의 "많이 힘드셨겠네요." 한마디가 어쩐지 내게는 염증보다 오래 부풀어 있을 것 같았습니다. 알약 몇 알을 얼른 삼키고 나니 졸음이 엉겨 붙어 허정허정 눈이 감겨 왔습니다. 대낮부터 이불을 뒤집어쓰니 정말로 오늘은 다 잊고 아파야 하는 일만 몰두해야 할 것만 같습니다. 나는 생략된 낱말처럼 이 하루를 잊을 생각입니다. 오늘 하기로 마음먹었던 일들은 전부 다 내일로 미룰 것입니다. 긴 불안도 양지에 바르게 누이고서 오래 그리워질 얼굴을 들여다볼 것입니다.

마르지 않아 아름다운 것

너의 입김이 당당하게

뒤도 돌아보지 않으며 세상 밖으로 고개를 드리울 때

추위에 아랑곳하지 않고 날개를 단 영혼처럼

빛의 열매가 주렁주렁 밤하늘에 열릴 때

함부로 말을 하지 않던 당신

아무렇지도 않게 사랑을 멸시하듯 설마설마할 때

그토록 또렷이 깊어지다가

일기처럼 아무도 모르게 서랍 속으로 갇힐 때

긴 혀로 침묵을 완성하며 내내 생각만 시끄럽게 울릴 때

낮잠을 청하고 개운하게 일어나

그 밤을 온통 뒤척이는 것으로 하루를 앓던 때

영원을 약속했던 그들이 애써 다정하게 서로를 잊을 때

거울이 없는 집에서 내 표정을 찾을 때

이불을 뒤집어쓰고 '내일은 더 추울 거야' 하고 말하는

우리가 마침내 얼어붙을 때

그럼에도 가라앉지 않는 윤곽과 글썽임은

끝끝내 마르지 않아 아름다운 것

슬픔은 쓰다듬을수록 성실히 자란다

조율되지 않은 악기들이 말을 잃고 공간만 점유하고 있

을 때

당신이 피아노 위에서 밥을 먹고

아무런 음이나 상관없다고 생각해 버릴 때

함께 머무는 이곳이

이제는 계속 빈집처럼 느껴질 때

우리는

운다

흰 벽이 있었고

당신을 듣다가
속으로 곧잘 울곤 했었다
그때 내 표정은 어땠을까
오직 당신만이 알고 있어서
그 옛날의 너는 소중한 것이다

혼자 듣는 음악은 늘
내 곁에 없는 이를 사랑한다고 고백해버린다
사랑은 영영
혼자 듣는 음악이거나
사랑은 앞으로도
혼자일 때만 따라 부를 수가 있는 흥얼거림이겠다

새벽은 모든 존재 사이로

벽 하나를 아로새기는 시간

흰 벽이 있었고

내가 사랑한다고 말하니

어렴풋이

사랑……. 말끝을 흐리는 입술의 소리가 있었네

소나기처럼 문득 멎어버린 것도 사랑했다고 말할 작정이
라면 모든 음악은 난데없이 우리를 뛰게 하는 것이고 그
여름 우리가 함께 들었던 노래들은 여전히 그 처마 밑에
서 쓸쓸히 한쪽 어깨를 내어주고 있겠다. 당신을 듣다가
속으로 곧잘 울곤 했다. 그때 내 표정은 어땠을까. 오직
당신만이 알고 있어서 그 옛날의 너는 소중한 것이다.

서서 잠든 얼굴과 걸으며 꾸는 꿈

오늘은 그 단어처럼 살고 싶어

왜 그런 말이 있잖아

〔 무표정하다 〕

아침마다 옷을 챙겨 입듯

기분도 좀 걸치고 나갈 수 있으면 얼마나 좋을까

종종 아무것도 드러내고 싶지 않은 날이 있거든

무기력하다는 뜻은 아니야 다만

적극적으로 고요를 움켜쥐고 싶은 거야

마치 전례 없는 평화가 펼쳐질 것만 같거든

맹세코 나는 그러한 단어 속에

오래전 이미 저물어버린 무지개가 있다고 생각해

성급한 표현도 심드렁한 기운도 없이
참말로 진중한 것이 있다면 역시나
아무것도 쓰여 있지 않은 그토록 깊고도 맑은 얼굴일 거야
이를 테면 비 오는 날 현관문 앞에서 우산을 툭툭 털어내
듯이

스며들지 않고 따로따로 겉돌 때
더 반짝일 수 있는 태도들이 있는 것 같아
아무도 대신할 수 없는 위로가 있어
서서 잠든 얼굴과 걸으며 꾸는 꿈
감히 이해할 수 있다고 간주되지 않는
오직 나만의 허공
오늘은 그 단어처럼 살아보고 싶어
가령 오늘이 아니라도 언젠가는

명랑한 사치와 허영으로
오늘의 우울함을 잠재우리라

밤의 우울함은 깊지만 그 기분이 전적으로 밉지는 않다

침대 옆에 쌓인 책들이

내 영혼의 면적을 조금 더 넓혀주는 것 같다

한 권의 작품을 읽고 쓰면

오랜 외로움 속에

그 한 뼘의 위안을 심는 기분이 든다

그리하여 오늘도 일기를 썼다

천국은 때때로 그처럼 두서없는 나열 속에 존재한다

일기란 오직 나만의 괄호

그 속에서 웅크리고 있는 단어들의 세계에도 짧은 가을

이 지난다

한없이 넓어져 가는 밤의 웅덩이

평온한 수면보다 더 간절해지는 것은

온 인생으로 휘갈겨 쓴 몹시 골몰한 목마름이다

살아가는 동안 가능한 한 자유롭고 싶다

창문 넘어 떨리는 목련나무 가지 끝에서

가난보다 상냥함을 읽어낼 수 있는 내가 되어야지

명랑함이 없어도 인간은 살아갈 수 있는가

그렇다고 한다면 내게 시를 쓰는 밤이란

지극한 사치와 허영이 생기를 머금는 허공의 춤일 것이다

조그마하다곤 해도 분명 나는 내 삶을 꾸려가고 있다

밥그릇은 하나라도

아끼지 않고 새 책과 노트를 살 수 있을 만큼

나는 기꺼이 이 몇 평 남짓의 자유를 소망할 수도 있을

것이다

지난 새벽에는 문득

창밖의 나무가 마냥 쓸쓸하지 않다고 느꼈다

애써 피운 꽃잎을 떠나보내는 일이

과묵한 여백에 소복이 제 희망을 나눠주는 꿈이라고

일기 속 낱말들의 고향을 헤아려볼 만큼

삶은 거듭 모든 건 네게서 비롯된다고 고백하기도 했다

첫눈이 내리는 날 바다는

오후의 웅성거림
나는 한차례 어지러워 가던 길을 멈춰요

목이 조금 따끔거리는 듯
기분에 아직 덜 마른 냄새가 있어 햇살에 헹구어낼 참이
에요

사람들은 머리 위로 구름을 만들고 있어요
한숨에도 부피가 있다는 것이 놀라울 따름이지요

빈곤하다는 말은
어쩔 수 없이 둘 중 하나를 고른다는 사실 그 자체이고요

내 삶의 중추에는 저울이 있어

나는 자꾸만 어디론가 기울어질 운명인가 봐요

나는 아직 형성되지 않은 기관인 듯
조목조목 불안을 이불 삼아 담소를 나눠요

조금은 무안한 날이에요
작은 화면으로 보는 바다로는 갈증이 가시지 않아요

나라는 화분에 너무 많은 텃밭이 우거지고 있어요
또 가지를 치고 나면 남은 것은 앙상한 미련이려나

차곡차곡 쌓아온 나날은
때로는 애틋한 이별처럼 파도의 뒷모습이 되고요

말없이 흐드러진 겨울 눈밭에서는
희미하게 울먹이는 마음만 슬그머니 투명한 얼룩을 남
겨요

첫눈 내리는 날
바다는 울먹입니다

홀로 존재하는 말들

1.

어떤 밤에는 갑자기 영화관에 가고 싶었다. 그날은 틀린 맞춤법에서 황급히 눈을 깜빡이곤 했던 문맥 같았다. 어떤 영화라도 상관없다는 생각이 들었다. 내가 본 것은 영화가 아니라 주변이 새까맣고 조용한 시간이었다. 놀랄 만한 흥미랄 것은 딱히 지니고 있지 않았다. 얼음이 너무 녹아 밍밍해진 탄산음료를 내려놓고 심심한 듯 흘러가는 영화 대사를 읽을 뿐이다. 이 객석 어딘가에 나와 같은 이가 있다면 어쩐지 그 사람의 얼굴은 삼류소설 속에 자주 등장하는 상투적인 표현처럼 과장돼 있지 않을까 하는 생각을 하기도 했다.

2.

금액을 지불하고서 꼼짝없이 조용히 해야만 하는 이 시간은 왠지 고맙다. 엔딩크레딧이 올라가고서도 한동안은 몇몇 빈자리들에 앉아 계속해서 이 침묵을 상영해주었으면 하는 상상을 했다. 내일 눈을 뜨면 헌책방에 가야지. 하지만 헌책이라는 단어는 어딘가 좀 어색하다. 이미 수없이 넘겨진 책이라도 더럽혀지지 않을 고유함이 있을 것인데. 가뭇가뭇 먼지가 묻어 있는 기억으로 다시 넘어가보면 때때로 삶에 실망할 때마다 무언가를 보면서 조용해진 그 시간에 기대곤 했던 것 같다. 보드라운 정적. 가끔 나는 스스로가 무능하게 종속된 문장성분이라는 생각을 한다. 독립적으로는 온전히 존재할 수 없는.

3.

이를테면 한동안은. 너무. 모처럼. 언젠가는. 자꾸만. 어떻게든. 홀로 머물면 답답하고 연약해질 수밖에 없는 말들이 이 심야의 객석에는 애처롭게 다리를 꼬고 한숨을 몰아쉬고 있을 것 같은 기분이 든다. 완벽한 설명이 될 수 없는 그 깜빡임. 새하얀 종이 위 두 줄로 지워질 운명들.

176

4.

글자를 쓰고 나면 종종 거기엔 없어도 되는 성분들도 포함되기 마련이다. 그래서 애써 지우고 나면 꼭 그렇게 나를 울리던 것들은 있어도 그만 없어도 그만인 그런 것들이었다. 삶에서도 마찬가지로 내게서 사라진 것들은 때때로 너무 소중한 것들이었지. 세월이란 그렇게 채워지지 않을 빈자리만큼 부풀어 사그라지는 액자 속에서 빈 먼지만 쌓여 가는 오래된 웃음 같았지.

우리가 지닌 가장 작은 독백의 단위

입술이 절룩거리네요
그녀가 쓴 단어들은 좀처럼 기운이 없어요
오늘은 평소와는 조금 다르네요
표정을 번역하다 문득 할 말을 잃곤 해요

있잖아요 나는요

그 뒤에 들었던 말들은 잘 이해하지 못하겠어요
어느 표현을 겹쳐놓아도
어색한 표정이었어요

시간이 너무 늦었으니까
모호한 말들은 이제 그만하기로 할까요

말하지 않았을 때 당신 안에서 자라고 있는 말
그 말도 참 소중한 거니까요

때때로 출중한 비유는
전혀 다른 규칙으로 삶을 배우는 거 아닐까요
진동하는 음색에 섞인 그 표정들은
우리가 지닌 가장 작은 독백의 단위겠지요

소망

하루를 살아가기엔

조금 희망찬 것이 좋고

한 달을 살아내기엔

다소 무던한 것이 나을 것이다

한 해의 절반이 되면

얽혀버린 기억의 가장자리를 쓰다듬고

그 무렵의 엄격한 희망처럼

쓸쓸한 것들을 안아보기도 할 테다

어느새 이 나이로서의 마지막 날이 오면

우리는 잠깐

생활의 가혹함을 잊고서

앙다문 새벽 풍경이 되어

새 아침을 기대하는 자가 되기도 하지

그때마다 내 감정은 이제 막

선한 눈동자로 무언가를 말하려고 한다

설렘의 거품이 시간에 의해 조금씩 수그러들 때

빛의 마지막 호흡 앞에서

나는 또 어떤 바람으로 그 시절의 아름다움에 대하여 논

할까

언제나 눈빛을 부검하는 것은

머리가 아니라 가슴이어야 한다고

사람이든 사물이든 오랜 기간 깊이 응시하다 보면

그것의 호흡 그리고 목소리 같은 것이

맥박처럼 부지런히 우거지기도 하겠지

고독하여 울어본 적이 있는 나는

그것의 소중함을 잘 알고 있다

혼자 흘리는 눈물만큼 진실한 것이 있을까

덧없이 지나간 많은 것들 앞에서

오래오래 내 안에 새겨질 한마디는

희미해도 영영 사라지지 않을 것이다

문

출구가 없다는 말의 시적 허용. 오직 사랑한다는 한마디였음을. 내가 소중히 여기던 마음들이 조용히 내게서 저항하려 할 때. 감정은 너무 단호해서 차마 아무런 선택도 하지 못하게 되어버린다. 그저 무의미할 것이다. 다만 덧없이 흩어질 것이다. 그렇게 내 안에서 좁아져 가는 작은 문. 그 틈 너머에서 여태 사랑이었고 여전히 사랑일 것이고 줄곧 사랑으로 기억될 수많은 움직임이 온통 나비처럼 잡히지 않는 날개가 되어 높은 채도의 망설임으로 번지네. 나는 딱히 원망하지 않는다. 이해할 수 없다는 표정도 짓지 않는다. 별안간 이제는 아무것도 내 곁에서 애틋할 수 없다고 느낄 뿐이다. 지나간다는 말을 좀처럼 꺼낼 수가 없는 출구가 없는 말. 실망보다 더 거뭇한 말. 이제 그 안에서 나는 둥글게 나를

깎는다. 사라지지 않는 것들이 낯설게 변했다고 인정할
때까지.

멍해지는 사이

두서없이 읊어질 나의 속마음, 한없이 부서지며 흩어질 긴긴 안개 속에서도 아마 한순간 그 젊음을 감당하려 마지못해 나 자신도 부정해보려 했던 나는 아직도 제 길이 어딘지 몰라 때때로 얼굴을 가리렵니다.

내 청춘의 대역은 조용히 흘렀습니다만 번진 스물여섯의 기억은 빨아도 지워지지 않는 얼룩이기도 했습니다. 궁금한 것이 많아 제 안의 우울이 얼마나 깊은 줄도 모르고 허름한 낭만 위로 날아올랐던 하염없는 겨울 입김과 걸음들. 그런 나는 여전히 스스로가 헛헛할는지, 물어도 물어도 답이 오지 않은 질문들이 쌓여서 제 웃음에는 무표정한 청춘의 얼굴들이 웃어넘기듯 울고 흐느끼듯 미소를 짓기도 합니다.

어떤 속마음은 조용한 침묵마저 베일듯하여 혼잣말로 아무도 모르게 비스듬히 슬픔과 유사한 것들로 성을 쌓아올렸습니다. 새벽어둠의 파편처럼 무수히, 빛보다 깊숙하게 스며드는 그 감정의 떨림이 한동안은 멍하게 오늘과 오늘 사이에서 누구도 오지 않는 골목의 가로등처럼 눈을 깜빡이기도 했습니다. 가끔 새벽녘 골목을 서성이며 나는 깨닫기도 했습니다. 밝은 빛이 내리쬐는 자리도 제 슬픔 하나 가누기에는 너무 벅찬 몸짓이라는 것을.

이제는 그 감정의 가을함이 내게 말하려던 것에 대해 아주 솔직하게 이야기해볼 수 있다고 생각합니다. 지나간 것에 대해 속 시원하게 이야기할 수 있는 날이 어느새 내게도 찾아왔습니다만 저는 여전히 그렇게 믿고 있습니다. 덤덤하게 받아들이는 일도 실컷 그 슬픔을 껴안는 일만큼이나 나를 무안하게 만들곤 한다는 것을.

생각의 눈송이들

잠깐 걸음을 멈춘다
얼어붙은 것들이 제 울음을 이해해 간다
닿으려고 꾹 눌러 숨겨둔 소식이
온기를 통해 드러날 때

눈이 온다고
눈이 내리고 있다고

미소를 짓는 이마 위에는
입술이 닿을 때마다 고스란히 느껴지는 것이 머문다
허공에서 흩날리는 것은
곧이어 녹아갈 어느 외로운 밤의 혼잣말들이다

바람이 분다
내 피부에 스치듯 닿은 다소 상기된 겨울꽃들
내 가슴은 어느새 아득해진다

밤이다
눈이 내리는 밤이다

너의 머리맡 창문 너머에도
이와 같은 밤이 안아주고 있을 것이다

차디찬 그 공기 속에서
그 언젠가 심장에 엉킨 말들이
네게로 간다
생각의 눈송이들

내 진심이 아마도 너의 이마 위에서 녹아 갈 때
눌러쓴 어제의 일기들은
겨우 까닭을 알고 의미를 일컬어
곤히 잠을 청해보기도 하겠지

나는 헛된 문장으로 이룩한 고백이다

하지만 그것으로 사명을 다한 노랫말이다

밤의 여백

지루하고 긴 밤
기다리던 연락이 내게로 왔어요

나긋나긋 라디오 음성 같아요
이 새벽에 내게 전파를 쏘아 올려주셨군요
마음이 조금 놓이네요
새벽은 바다같이 잔잔하면서도
가끔 멀미처럼 속앓이를 하거든요

언제 정박할지 모르는 삶이기에
연이은 태풍으로 많은 문장이 나를 떠나가기도 했어요
어느 날은 내 안에 아무것도 남은 말이 없어서
아무것도 쓰지 못한 밤이 있어요

그때의 기분은 뭐랄까

슬프다거나 기쁘다거나 하는 것과는 조금 달랐어요

있잖아요 가늘고 연약한 말들이

내게서 멀어지지 않았으면 좋겠어요

가끔은 그 냉소와 애절한 침묵이

조용히 가라앉고 있는 나를 흔들어 깨워주기도 하거든요

그런 밤들을 지나왔어요

여백이 넓게 펼쳐져 있는데

무엇도 쓰지 못했던 그런 밤 말이에요

아무것도 쓰지 못한 밤도

때로는 충분히 나를 옮긴 시간으로 기억될 수 있을까요

오늘은 무엇을 쓸까요

여백을 보면 거기엔

알맞은 위안을 눌러 쓰고 싶어요

가끔은 하찮은 말이라도 놀랄만한 위로가 되는 날이 있거든요

하지만 그런 것은 쉽지 않아요

가벼울 수 없어서 더욱 어려운 것이

마음에 관하여 쓰는 일이에요

갈수록 아무것도 쓰지 못하는 밤이

그 여백이 촘촘히 내 안을 가득 채우는 기분이에요

누구의 것도 아닌 기억이

모두의 밤을 안아주는 그날까지

이 고독 앞에서 나는 오래된 나무이고 싶어요

전파를 수신하면 때때로 꽃을 터뜨리기도 하는

소리는 없어도 향기가 있는 울음을 나는 쓰고 싶었어요

그렇게 나는 줄곧 나는

때때로 하루를 시작할 때면 책을 펼쳐 어떤 단어처럼 살아가고 싶다는 생각에 잠깁니다. 그리곤 고심 끝에 선택을 내리지 못하고 가방 속에 책을 쿡 찔러 놓은 채로 외출을 하기도 하죠. 그러면 나는 아직 정해지지 않은 의미의 출현하지 않은 단어가 됩니다. 오늘의 나는 그토록 유일하고 어렴풋한 존재이지요. 그럼에도 내 안에 새겨질 글자들을 기대하고 있습니다. 아스라이 그렇게 나는 또 한 번 이 삶을 사랑하고자 합니다. 빈 여백을 지닌 나는 언제라도 아름다워질 나입니다.

섬

죽음보다 두려운 것은 무엇도 느끼지 못하는 허무함과 같은 것이다. 한동안은 멍하니 내 방 안에 가만 누워 있던 시간이 점차 길어지던 때 '사람이 그토록 단순한 모양으로 슬픔을 말할 수도 있구나.' 하고 느꼈다. 하지만 정작 내 마음은 너무나 복잡하여 엉킨 끈을 다시 묶기에 그 순서를 가늠해보기도 어려운 지경이었다. 세상에 떠도는 이야기들이 내게 스미지 않고 그저 흘러가버린다. 어딘가에 은둔하고 있을 두근거림을 찾기 위해 발을 동동 구르던 젊은 내가 어느새 포획된 물고기처럼 바다를 잃고 허공을 저을 때, 나는 누구인가. 주름 속의 세월을 골몰하면 윤기가 흐르는 이야기들이 모두의 삶을 아름답게 비추고 있다고 믿었던 그날, 하지만 이제는 누구도 애써 기억하지 않는 나는 무엇인가. 나는 이따금 섬이 된다.

파도를 안기에는 너무 작은 해변이었고, 바람을 품기에
너무 여린 날개가 있었다.

축시

서로가 서로에게 하루가 되어주고

서로가 서로에게 희망이 될 수 있는

해맑은 웃음과 잠깐의 쉼과 같은

그런 서로가 서로에게

작은 낭만과 이따금의 떠올림으로

현실의 기울기를 알맞게 당겨주길

마음의 길이와 그 끝에 당도한 영원의 바람으로

무성하게 피어나는 서로가 되기를

소문에 놀라지 않고

그저 서로를 귀담아들으며 감정을 보살피는

보이지 않은 마음만큼 드러나는 마음씨가 어여쁜

그날 내가 보던 당신과 그날 당신이 보던 내가

늘 순수한 애정으로 서로를 바라봐주기를

한 편의 영화처럼

밑줄 그은 시구처럼

각자의 어둠 앞에서

스스럼없이 다정한 서로의 눈빛이기를

Slowly Moving Away

온다던 비는 오지 않고
기다리던 이의 소식은 아직인가 봅니다

하나둘
너무 빨리 사라지는 것들

노트 위에 사랑을 쓰자고 마음먹었는데
거기에 영원한 것은 하나도 없었습니다

시곗바늘이 지닌 눈금만큼
마음에도 그런 표시가 가능했더라면

얼마 남지 않은 그 순간을

조금 더 깊이 서성이려 힘껏 부딪혀보았을까요

마치 영원할 것만 같아서

적잖이 울었습니다

마음에는 눈금이 없습니다

서로를 바라보는 간격을 헤아릴 수 없습니다

그러니 우리가 이 순간을 낭비할 이유도 없지 않겠습니까

사랑도 녹아 갑니다

그 물결들이 잘 마른 자리에서는

또 사랑이 자랄 것입니다

심장은 다시 감을 수 없는 태엽입니다

사랑은 천국에서 지상으로 떨어지기까지의 계절입니다

다만 충분히 눈보라를 견디면

우리는 울먹이는 봄으로도 그 순간이 반가울 것입니다

사랑은 언젠가 떨어질 꽃잎의 춤사위

사랑은 지나가는 것입니다

사랑은 시들어갑니다

하지만 그것 또한 사랑입니다

당신의 정수리를 늘 소중히 할게요

팔짱을 끼고 신호등 앞에서
웃음 짓던 우리는
서로에게 그런 약속을 하였지요

당신의 정수리를 늘 소중히 할게요

우산 없이도 내리는 비를 그저
각자의 손으로 가려주던
그 순간을 오래오래 간직할게요

나는 지금 당신을 만나고 있는 내가 좋아요

어른이 되고서도

아이처럼 웃을 수 있는 서로를 지켜내자고
더는 날씨에 의해 달아나지 않아도
그저 솔직할 수 있는
젖어도 젖어도 지워지지 않는 우리가 되자고

그대라는 갈증을 채울만한 권한이 나에게 있을까요
영문도 모른 채 긴 밤, 혼자서 끙끙 고독을 앓던 나인데
비가 그치고 바람이 지나고
세월이 흘러 많은 것들이 쇠약해지는 날에도
풍경 같은 모습으로 서로에게 뿌리내리는 거예요

각자의 연약함 속에 고스란히
속삭임처럼 포근하니 영원을 껴안으며

밤의 안개 속에서도 우리들은 길을 잃지 않는 거예요

3부

괄호의 촉감

햇살의존형 좀비

여름이다. 나는 지하철을 기다리고 있다. 땀방울 같은 퇴근길 인파가 밀려왔다. 생기 없는 얼굴에 비슷한 모양새 어떤 이는 피로에 잠식되었고 어떤 이들은 욕구에 충실하여 괴상한 행동을 한다. 나는 그들의 이름을 모른다. 사실은 그들에 대해서 아무것도 모른다. 다만 내 연약한 지식으로 겨우 인지할 따름이다. 이 공간에 속한 우리는 무엇일까. 닫힌 문 사이로 이리저리 포개져 있는 형상이 좁은 길 따라 향과 소리에 반응하는 좀비 같다고 느껴졌다. 죽음과 삶의 경계에서 방황하는 존재 우리는 도대체 누구일까.

저마다 자기 방향을 갈구하며 빙 돌아오는 시절이 있을까. 내게도 꼭 그런 나날이 있었으리라. 내 삶은 지금 어디로 가고 있는가. 나에 묻고 싶어 발걸음을 잠깐 멈춘다. 여간 푹푹 찌는 날이다. 또 휴대폰 화면에 잠식되고 있다. 어떤 물건은 이제 나보다 더 분명한 정체성을 지니는 듯하다. 사실 나는 자신도 모르게 그것을 숭배하고 있었는지도 모르겠다. 아이러니하다.

해가 기울어진다. 그늘이 햇살과 자리를 바꾼다. 세상에는 뭐랄까 빛이 아닌 어둠에서 드러나는 대상이 있는 것일까. 밤이 되어야 찾아오는 환멸이 있다. 빛으로 가려져 있던 감각에 마침내 슬픔이 생기를 띠며 기지개를 켠다. 나는 언젠가부터 많은 것을 오해하고 있다. 물구나무서기 자세로 걷는 기분이랄까. 사실은 실제로 그런 방식으로 작동할 줄도 모르면서 내 균형은 기울어져 있다.

지면을 밀어내는 압력으로 생긴 땀방울이 다시 지면으로 돌아간다. 거꾸로 바라보는 창의 모습은 전혀 다르다. 때론 눈앞에 보이는 것들을 거꾸로 바라볼 줄 알아야 한다고 배웠으나 살다 보니 사건들을 하나하나 인지하기에도 벅찬 현실이었다. 각도가 중요한 것일까 주인공이 되지 못한 모든 미장센들에게도 시선을 주고자 했으나 어느새 조연을 자청하고 있던 나였다.

그럼에도 화자란 신분 상승을 의미하는 것은 아니지. 누구에게나 심지어 어떤 사물과 날씨조차도 그 가슴속에는 진정 하고픈 말이 있다고 믿는다. 그 믿음만은 여전하다. 우리는 분명 언젠가 죽겠지 하지만 그것이 무엇인지도 알지 못하고 울리는 부고가 되고 싶지는 않다. 잘 모른 채로 살았고. 그리고 죽는 것은 사실 큰 부끄러움은 아니다. 잘 알지도 못하면서 다 아는 척하는 것이 바로 불명예다.

그리하여 진짜 부고는 살아 있을 때 이미 울린 임종이다. 딱 한 번인데 죽을 땐 죽더라도 살 땐 살아야겠다고 중얼거렸다. 집으로 돌아와 커튼을 다 열어젖혔다. 그리곤 열심히 세수를 했다. 거울에 비친 나에게 체온이란 것이 있는가. 오늘은 커튼을 치지 않고 잠에 청할 작정이다. 아침이 오면 햇살이 온통 내게 스며들 테지. 그 순간 나는 사라질 것인가. 여전히 살아갈 것인가. 사실은 아직도 나를 잘 모르겠다.

괄호의 촉감

닿을 수 있을까
부서진 내 안에는 무엇이 새겨져 있을까

너무 일찍 눈이 떠진 날엔
마음 가는 대로 그저 걷는다

새벽녘 어스름을 걸으면
그저 시간의 윤곽 속으로 나는 작은 일부가 된다

때로 나는 단풍처럼 슬퍼한다
얼굴이 붉게 물들며 마음은 가라앉는다
슬픔을 극복하는 방법 같은 건
영영 몰랐으면 좋겠다고 흥얼거리다 잠든다

아침 햇살 속에서 나는 여전히 부재하다
나는 나를 입고 외출하는 겹겹의 부산물일 뿐이다
지하철에서 누군가 발을 실컷 밟고 밀쳐져도
그 통증은 껍데기만의 것이다

습관처럼 이동 중엔 자꾸만 읽을거리를 찾는다
그럼에도 단 한 번 창가에 비친 나를
제대로 읽어본 적은 없다

괄호 속에서 산 지 제법 오래되었다고
모스부호처럼 창에 드리우는 느낌들
알지 못하고 그저 지나쳐갈 뿐이다
나는 어쩌면 이미 내려할 곳을 너무 많이 지나친 발걸음
이다
그 표정은 자기객관화를 잃은 지 오래다

가끔 울음이 가득 차는 날엔 마음을 두드린다
때로 견디기엔 너무 세찬 노크
내가 온통 부서질까 겁이 나

깊이 들리지 않을 만큼 겉도는 두드림만 기억한다

오직 새벽의 의문문만이 나를 알고 문을 연다

한없이 투명해지는 시간

더 이상 나는 무엇도 아니다

괄호를 덮고 불을 끈다

답답해도 그것만큼 다정한 촉감이 있을까

영영 이 슬픔을 극복해내고 싶지 않다고 흐느끼며

아침이 올 때까지 마침내 나는 자취를 감춘다

실은 내가 나였던 적이 있을까 하는 물음만 남겨둔 채로

슬픔이라는 빈칸

눈물과 웃음을 바꿀 수 있을까요

어느 쪽이 더 이득일까요

오늘은 사진을 찍을 때 나도 모르게 기쁜 표정을 지었어요

아마 그 순간은 시간이 흘러 좋았던 추억으로 표명될 테죠

하지만 무엇이 좋았는지 나는 또렷이 기억할 순 없을 거예요

순간의 포착은 진실이 아니잖아요

나는 그 사실이 다소 기이하다고 느꼈어요

무언가를 남길 때

우리는 왜 구태여 더 좋은 것으로 기억되고자 할까요

기록은 볼록렌즈로 들여다본 세상 같네요

어쩌면 미소는 색안경을 끼고 바라보는 행위가 아닐까요

플래시가 우리를 밝힐 때 어둠은 제 자리를 잃고 바스라

져요

언젠가부터 슬픔은 빈칸이에요

슬픈 얼굴을 사진으로 찍어 올리면

놀림거리가 되고 말걸요

기쁨이 아니라면 외면받아요

어쩌면 그건 왜곡된 감정에 대한 자기변명 아닐까요

웃고 있네요

하지만 오늘도 당신은 슬프지 않았나요

울음은 언제부터 조용한 묵음이 되었을까요

드라마를 보며 우는 만큼

스스로를 돌아보며 왜 흐느끼지 않을까요

인공눈물을 가지고 다니는 건 내 탓일까요

나는 울 수 있는 존재일까요

아슬아슬해요

그렇게 웃고 있으니

꼭 슬프지 않다고 말하는 것 같아요

종이와 꽃

애써 성취한 것들도 실은 내가 추구했던 목적 그 자체는 아니었다. 부피만 커져 가는 숲은 더 많은 비를 필요로 하고, 한 줌의 햇살에도 미소 짓던 꽃들은 청춘을 다시 오지 않을 계절이라고 이미 놓아버린 걸지도 모르겠다.

그럼에도 여전히 그 어린 시절 도서관 열람실에서 무심코 펼쳐보던 두꺼운 식물도감 속 한 대목이 내 안에 머무르고 있는 것은 놀랍다.

―때로 식물은 상처를 생장점으로 삼고 그 자리에 새로운 줄기와 싹을 틔우며 활발히 삶을 가꾼다.

내가 만든 상처들은 정말로 상처였을까. 공교롭게도 지

금 내 몸에서 가장 부드러운 곳을 꼽자면 손이라고 말해야 할 것이다. 나는 지금 그 손으로 무엇을 어루만지고 있나. 집으로 돌아오니 일기장 속 어제 쓰다만 글자들이 그림자처럼 내 주변으로 누워 있는 듯했다. 때로 글을 쓰고 나면 어떤 문장들은 꼭 내 몸과 마음의 연장선에 있는 것처럼 느껴진다. 어쩌면 그것은 나의 생장점에서 마침내 피어난 꽃이었을까. 종이의 상처를 딛고 자라난 꽃, 나는 그 아름다움을 만끽하기라도 하듯 슬쩍 낱말들을 어루만져 보았다. 그것은 정말 상처였을까.

블라인드 틈으로 노을빛이 스며들어온다. 정면으로 바라보니 눈이 부시다. 조용히 눈을 감으면 어느새 그 빛이 내 안에 있다. 마치 내가 토양 안에서 지면 위를 바라보며 꿈틀대는 생명처럼 느껴졌다. 내 손, 그 상처 많은 손으로 오늘은 무엇이라도 써야겠다. 나는 무엇이 될까 하고 스스로를 두드린다. 문 너머 마침표에서 기다리는 것이 침묵을 빗댄 생의 아름다움이라고 믿어보면서.

변이

꽉 막힌 하루

교통체증의 붉은 빛이 답답한 혈관의 울컥거림 같다

입을 꾹 닫고 어디로든 가는 길에는 음악을 듣는다

세상의 슬픈 소리를 채집하는 시간

인생이란 때로 가만히 있거나, 저지르는 것

할까 말까의 확률은 반반이 아니라 영으로 수렴한다

대개는 이러지도 저러지도 못하다 흘러가는 것이 삶이지

그건 좀 고리타분한 걸까

때론 우리 그냥 초라해지자

별 볼 일 없다고 당당해도 좋으니

마그네틱인가 마그네슘이 부족하면

좀 떨리기도 하고 그런다던데
자연스러운 거잖아

살다 보니 누가 그러더라 너는 꼭 돌연변이 같다고
반은 동의하고 반은 의아해
세월에 따라 변하는 것은 당연하나
거기에 꼭 '난데없이'라는 의미를 담을 필요가 있을까

당위성만 찾다간 너무 빨리 흘러가는 게 인생이지
그러나 언제나 합리적일 필요는 없다
다들 각자 자기 나름대로 슬프다
구태여 이해받을 이유도 없다

○ 틈

마음이란 건 불온전해서 자연히 그 발현도 완벽할 수 없
겠다
그럼에도 우리는 왜 말과 문자로 표정과 생각으로 이어
지고자 애쓰는 걸까

때론 알겠다는 말보다 모른다는 말이 더 고마운 일이다
그 불확실함이야말로 존귀하다

'너를 이해해.'라는 말 대신에
'지금 내가 너를 듣고 있어.'라고 대답해도 좋겠다

완전하지 않은 말과 사유들이
서로 어떻게든 부딪히고자 한다는 것은 언어의 포옹일까

217

헤아림과 바라봄의 경계에서

침묵 같은 선들이 깃발처럼 흔들리는 것만큼 멋진 시도

가 있을까

대화란 틈을 수소문하는 이음새의 거품 같은 것

새어 나오는 것을 통해 기억되고 잊힌다

애착의 형태

두 시간 간격으로 분유 먹이고
어깨 위에 잠든 내 아기의 심박을 느낀다

말을 모르는 존재를 각별하게 사랑하는 일
무해한 리듬이 일정하게 내 품에서 수축과 이완을 반복
하네

심장에 작은 구멍이 난 아가야
그 빈 허공에 너는 어떤 꿈을 흩날려 보내고 있니

대답 없는 너의 무해한 호흡
네가 처음으로 내 어깨에 손을 올려 나를 안을 때
그 날숨이 내 귓가를 스치며 전하던 메시지를 나는 아직

해독할 수 없단다.

비밀의 언어로 나를 반기는 아가야
새벽마다 너를 기웃거리는 나는
지문보다도 명확한 사랑의 증인이란다

우리가 지닌 애착의 형태를 어떻게 표현하면 좋을까
너의 얼굴을 바라보며 나는 골똘히 고민하지

너의 본능과 나의 사랑이 비록 같은 점을 향하지 않더라도
그 울음소리에 화들짝 놀라 바라보는 내 눈빛은 불가항
력의 낭만이란다

러브레터

일기 같은 편지를 쓴다
참 간만의 경우다
이제는 그 좋다던 쓰는 일이 제법 오랜만에 만난 친구 사
이 같다

적당히 거리를 둘 때
우연히 마주칠 때
되레 고맙고 보고픈 존재들이 있지

나는 왜 그것과 멀어졌을까
어쩌면 미워하기 싫어서는 아닐까
혹시 그때의 나는 너무 가난해서일까
지금 내 앞에서 울고 있는 저 갓난아이 때문일까

다시 연필을 잡고 툭툭 끊어진 것들을 잇는다
미련도 아니고 애잔함도 아닌데
설명할 수 없는 이유로 막연히 편지를 쓴다
바로 그런 느낌이다
내 청춘의 시절에 간절함에 비례했던 그 막연함 때문이
었을 거다
떠올리니 나도 그만 울고 싶어진다

내 사랑은 왜 그렇게 막연했을까
속이 새까맣게 타들어 간다
흑심 같은 침묵이 현실에 부딪히며 점이 된다
나는 왜 자꾸 백지 앞에 서면 길을 잃을까
꼭 다시 제자리로 돌아오기 위해서
점이라도 찍어두는 것일까

비밀처럼 어질러진 일기를 펼쳐보며
언젠가의 너는 무슨 생각을 하게 될까
갸우뚱 고개를 기울이며 잠깐 먹먹해질까
창을 두드리는 비라도 될까

문장이 되지 못한 점선들

반송되고 반송되어 더는 오갈 곳이 없는 마음들

그것들을 한데 모아 압축기로 강하게 짓누르면

우리는 마침내 한 곳에서 만나게 될까

방금 막 나를 사랑하게 된 사람처럼
빤히 바라보는 것이다

초판 1쇄 인쇄 2024년 5월 2일
초판 1쇄 발행 2023년 5월 7일

지은이 김민준
책임편집 하진수
디자인 그별
펴낸이 남기성

펴낸곳 주식회사 자화상
인쇄,제작 데이타링크
출판사등록 신고번호 제 2016-000312호
주소 경기도 고양시 덕양구 꽃마을로 34, 1006호,1007호(향동동, DMC스타팰리스)
대표전화 (070) 7555-9653
이메일 sung0278@naver.com

ISBN 979-11-91200-93-5 03810